KB137191

도망자의 마을

이정임 소설집

도망자의 마을

차례

오르내리

1

자다 깬다. 시계를 보지 않아도 새벽 세 시쯤이란 것을 안다. 늘 그 시간 즈음 깼으니까. 새벽 세 시마다 떠나는 잠을 배웅하고 동시에 기다린다. 집 뒤가 바로 축대라서 창문을 열어도 벽만 보이는 이 방은 눈을 떠도 눈을 감아도 어둡다. 캄캄한 방에 누운 채 이쑤시개 통을 떠올린다. 뚜껑에 작은 구멍이 있는, 투명한 플라스틱 통. 탁탁 흔들면 구멍으로 뾰족한 이쑤시개 하나가 나온다. 어떨 땐 여러 개가 한꺼번에 빠져나오다 걸리기도 하는. 작은 내 방을 채운 이 어둠의 밀도는 꽉 찬 이쑤시개 통처럼 빽빽하다. 어둠 한 줄기를 따라 잠으로 통하는 구멍에 가 닿으면 좋을 텐데. 빈틈이 없어서 아무리 흔들어도 이쑤시개 하나 나오지 않는 그런 통, 그런 어둠. 그래도 포기 않고 흔들게 되는.

집 뒤의 산에서 새가 운다. 저 새들도 시계를 보지 않고 새벽 세 시 삼십 분쯤이란 것을 안다. 봄 여름 가을 겨울, 하늘이 밝아 오는 시간은 다르지만 늘 이 시간쯤 일어나 소리 낸다. 저 새들은 이 시간에 누굴 찾아 우나. 우는 건가, 부르는 건가. 아니, 우는 일과 부르는 일은 같은가.

　조금 전 꾼 꿈에서 나는 누굴 다급하고 간절하게 불렀다. 무엇을 파는 곳인지 모를 가게 입구에 서서 저기요—, 계세요—, 하고. 안쪽 컴컴한 곳에서 남자가 나타났다. 그에게 가게 입구 CCTV 영상을 확인할 수 있는지 물었다. 남자는 녹화된 영상 파일이 백 개 넘으면 과거의 것부터 차례대로 삭제된다고 했다. 그리고 물었다. 영상이 왜 필요하냐고. 나는 대답했다. 멀쩡히 다니던 엄마의 모습이 보고 싶어서라고. 남자의 설명을 들으며 엄마가 멀쩡했던 모습은 오 년이나 지났으니 볼 수 없겠구나, 이미 깨달았지만 최대한 불쌍한 표정으로 말했다. 엄마가 보고 싶다고. 그렇게 말하다 발아래 땅이 무너지듯 꺼져서 깼다. 그 가게는 높은 절벽에 있었던 것 같기도 하다. 분명 꿈속에선 울먹이면서 말했는데 눈물은 흘리지 않았다. 나는 울고 싶었나, 부르고 싶었나.

　어둠 속에서는 눈 깜박이는 일을 가끔 잊기도 한다. 새의 소리에 집중하며 딴생각을 하다 보면 눈이 따갑다. 눈의 핏발이 수십 수백 개의 이쑤시개처럼 일어선다. 눈 안쪽에서 그것들이 표면을 찌른다. 광 광 광 광 눈앞이 하얗게 점멸한다. 그래도 주변은 밝아지지 않는다. 이쯤 되면 눈물이 날 것도 같은데 잠잠하다. 그저 광 광 광 광 보고 싶은 것들이 두서없이 왔다가 사라진다.

멀리서 딱─, 딱─, 바닥을 찍는 소리가 들린다. 곧 음악 소리도 들린다. 라디오를 켜고 산으로 향하는 등산객이다. 라디오에서 나오는 음악에 맞춰 뾰족한 등산 스틱으로 아스팔트 바닥을 찍는다. 아마 시간은 네 시 삼십 분에서 다섯 시 사이. 지은 지 육십 년 된 이 집의 벽은 이쑤시개 통만큼이나 얄팍해서 세상 모든 소리가 들어온다. 오직 잠만 들어오지 못하고.

스틱 소리는 가까워지다가 다시 멀어진다. 몸을 일으켜 방문을 활짝 열어둔다. 곧 밝을 테니까. 사라지는 스틱 소리에 맞춰 방의 어둠이 한 줄기, 한 줄기, 아침 방향으로 나간다.

내 기척을 느끼고 늙은 고양이 노랑이가 곁에 다가와 눕는다. 그의 앞다리와 가슴 사이에 손을 두면 그가 내는 고로롱고로롱 소리가 진동으로 느껴진다. 초여름 새벽, 바다에서 시작됐을 축축한 바람이 방으로 들어온다. 곧 산에서 오는 서늘한 바람으로 공기의 방향이 바뀔 것이다. 눈꺼풀 위로 밝아지는 기운을 반기며 선잠이 든다. 자고는 있지만 활동을 시작하는 도시의 진동과 기척을 느낀다. 깨어나 움직이는 사람들의 부산함, 저 멀리 큰 도로를 향하는 차들의 진동. 조금 더 있으면 철도와 부산항의 거대한 기계들이 내는 소리까지 희미하게 들리겠지.

2

이래 일찍 으데 가는교? 운동. 엊즈녁에 테레비 보다 늦게 일어나서 인자 가는 기라. 그래도 일찍타. 댕기오소.

건너편 사는 할아버지는 아침마다 2층 난간에 서서 지나가는 동네 사람들과 인사를 나눈다. 그리고 어허, 어허, 가래를 뽑듯 목소리를 가다듬다가 음악을 튼다. 사랑이 야속하더라며 한 여성이 간드러지게 호소한다. 아마도 일곱 시 반. 삼십 분 후면 옆집 할머니 둘이서 공업용 미싱을 돌릴 것이다. 한여름에는 더 일찍 시작되는데 바닥과 벽을 통해 울리는 재봉틀 진동이 말 그대로 골을 때린다. 언젠가 할머니를 찾아가 일곱 시도 안 되어서 이렇게 기계를 돌리시면 힘들다고 하소연한 적이 있다. 오바로크 기계 앞에 서 있던 할머니가 되레 내게 물었다. *이 시간에 눈이 떠지는 걸 우짜라꼬?*

재칫국 사이소―, 재칫국―. *뜨끈뜨끈한 손두부도 있습니다.* '촌두부'가 적힌 파란색 다마스일 것이다. 직접 보지 않아도 머릿속에 흐르는 장면들. 목욕탕이나 공원에 다녀오는 노인들은 길에서 마주친 누군가와 싸우듯 이야기를 나눈다. 거가 싸더라, 파이더라, 내나 거기, 그런 말이 사랑은 야속하지만 재첩국은 사달라는 말과 섞여 돌림노래처럼 집을 울린다.

어둠이 꽉 찼던 통은 비었지만 숙면에 이르는 구멍은 찾지 못했으므로 눈을 뜬다. 이제 집은 바깥에서 들어온 말들로 빼곡하다. 학원 강사로 일하며 읽은 국어 지문보다 최근 일 년간 이 집 벽을 드나든 글자 수가 훨씬 많을 것이다. 가만히 누워서 눈앞에 글자들을 띄운다. *사랑이 거가 싸더라, 재치를 담은 국, 내나 거기 야속하더라, 가는 당신이 파이더라, 잡지도 못하고 손두부, 어허 어허 사이소, 아지매는 어데 가는데, 놀다 가라….* 새로운 목소리가 섞인다. *두부 사러 왔다, 우*

리 아저씨 밥 주러 가야지.

보소! 아지매, 아침 좀 늦게 먹어도 안 죽는다! 야아? 영기 아지매! 어? 어? 있다가 가라. 보소! 쫌만 있다 가라니까? 가장 강력한 파장을 지닌 목소리 출현. 지나는 사람을 모두 불러 모을 기세다. 흰머리 할매다. 그녀가 우스꽝스런 표정으로 목청껏 소리 지르면 주변 사람들이 즐거워한다. *아하하하하하.* 아침부터 쏟아지는 저 박력 넘치는 기운. 목소리에도 근육이 있다면 저 목소리 근육량은 엄청날 것이다.

옆집 재봉틀이 돌아간다. 바깥 사람들이 내는 소리를 엮어서 재봉틀로 옷을 지어 입으면 무척이나 무겁겠지. 어깨에 쏟아지는 무게가 천근만근이라 다리를 옆으로 벌려 가며 겨우 걷겠지.

노랑이 밥그릇에 면역력을 높여 준다는 영양제를 뿌리고 물그릇의 물을 새로 떠 준다. 몇 해 전 이를 몽땅 뺀 노랑이는 건사료도 잘 삼킨다. 일 년 넘게 주인이 보이지 않는 이 상황을 노랑이는 어떻게 이해하고 있을까. 노랑이의 화장실을 치우고 욕실에 간다. 씻고 아침을 대강 먹고 커피를 내려 옥상에 올라가 한 잔 마시는 과정이 아침 습관이 되었다. 아침 없는 삶을 살던 내게 아침이 생겼다는 뜻이기도 하다. 학생일 때나 직장인일 때는 모르고 살던 시간대다. 백수가 되고서야 일찍일어나다니. 이 동네가 저녁형 인간인 나를 이렇게 만들었다.

3

옥상까지 따라온 노랑이가 바닥에 누워 느리게 뒹군다. 바닥에 손을 대니 햇볕에 적당히 데워져 있다. 옥상에는 이모와 엄마가 키우던 화분이 많았다. 대개 상추, 고추, 깻잎 등의 밭작물인데 지금 자라는 것은 하나도 없다. 엄마와 이모 둘 다 집에 없으니 앞으로 옥상 농사는 없을 것이다. 집에 들를 때마다 둘이서 키운 것을 시골 할머니처럼 보따리로 싸서 주는 바람에 억지로 밥을 해 먹던 시절이 있었다. 하필 입맛 없는 여름에 가장 많은 채소가 들어오는 터라 시원한 음식을 사 먹고 싶어도 꾹 참고 가지를 굽고 호박된장국이나 오이냉국을 만들어 먹었다.

이 마을 사람들은 대개 채소를 키운다. 산비탈을 따라 다닥다닥 붙은 집의 마당, 옥상, 담벼락 앞, 폐가 주변 공터까지 흙이 있다면 무언갈 심어 놓았다. 길가에 내놓은 수많은 화분의 절반 이상이 보려고 심었다기보다 먹으려고 심은 식물이다. 혹여 행인이 다칠까 봐 길가 화분에는 지지대마다 작은 요구르트병이 꽂혀 있다. 봄이면 채소 모종을 실어 와 파는 트럭도 종종 보인다.

　엄마와 이모는 생활비를 줄이기 위해 식물을 키웠다. 채소가 이렇게 많으니 쌀만 사면 된다고, 음식 쓰레기도 화분과 화단에 묻어 거름으로 쓴다고, 우리가 얼마나 아끼는지 아느냐고, 엄마와 이모가 번갈아 설명했다. 노랑이가 아직 젊었던 시절에는 옥상 밭에 들어가 이제 막 피기 시작한 꽃을 망가뜨린다며 안타까워하기도 했다. 예순을 전후한 나이에 청소일을 다니는 그녀들은 취미마저 생계와 연결해서 당위를 찾았다. 그런 마음이 담긴 것들이라 무거운 짐을 들고 서울, 울산까지 가는 수고를 참았다.

　학원 강사로 일할 때는 하계 방학을 하면 사흘 정도 이 집에 머물곤 했는데 우리 셋은 옥상의 그늘막 아래에 누워 산에서 불어오는 바람을 쐬곤 했다. 나는 고추나무에 붙은 노린재를 잡았다. 특별한 재미랄 게 없어서 지루하다고, 얼른 내가 사는 오피스텔로 돌아가 집 앞 단골 식당에나 가고 싶다고 생각했다. 그런데 지금은 그 시절의 고요했던 나날이 그립다. 고작 십 년밖에 지나지 않은 그 시절이.

4

…씨, 이… 쉬! 칫! 씩씩거리는 소리가 들린다. 아홉 시, 집 옆 뒷산 방향 계단을 오르는 사람이 내는 소리다. 나는 옥상 구석으로 가서 아래를 내다본다. 오늘 그녀의 수면 양말은 분홍색이다.

지체장애인으로 보이는 여성이 우리 집 창 아래 계단 바닥을 기어서 오른다. 바닥을 짚은 양손에는 수면 양말이 끼워져 있다. 키는 작지만 뱃살이 많은 편인데 셔츠와 고무줄 바지 사이로 튀어나온 허릿살이 바닥에 닿을 듯하다. 땀을 꽤 흘린다. 흘린 땀의 양에 비하면 이동 거리는 크게 늘지 않는다. 계단참이 나타나자 이번에는 벽에 등을 붙이고 앉은 채 옆으로 움직인다. 하체에 힘이 들어가지 않아 그렇게 가는 듯하다. 계단 꼭대기 집에서 홀어머니와 사는 그녀가 끙차, 끙차, 힘내는 소리를 나는 왜 화내는 소리로 들었을까.

이 집에 머물기 시작하던 작년 초반, 늦은 새벽부터 정오까지 자던 내게 아침의 소음은 참을 수 없었다. 특히 그가 내는 소리는 혀끝을 차거나 화가 나서 어딘가 발길질하듯 내는 분노에 가까웠다. 그 감정이 느껴져서 보지 않아도 기분이 벌써 상했다. 항의하려고 옆방으로 건너가 창문을 벌컥 열었다. 하지만 바닥을 기는 그에게 아무 말도 할 수 없었다.

5

지도 앱으로 검색하면 집에서 엄마가 입원한 병원까지 대중교통 이용 십육 분, 도보 이동 이십육 분이 걸린다고 뜬다. 거꾸로 병원에서 집까지 가는 소요 시간도 같다고. 말도 안 되는 소리다. 집에서 병원까지 계속 내리막이고 병원에서 집까지는 계속 오르막길이니까.

날씨가 좋으니 오늘은 좀 걸을까. 바다가 있는 동쪽을 향해. 물론 쭉 걷는대도 바다를 만나진 못한다. 부두로 막혀 있으니까. 거대한 벽과 컨테이너와 크레인이 있는 그곳은 오히려 멀리 떨어진 산꼭대기 우리 집에서 잘 보인다. 부산항대교까지 한눈에. 지금은 원근법을 무시한 고층 아파트가 바다를 가리고 있다. 이모는 아파트가 올라간다고 할 때 무척이나 속상하다 했다. 여기 사람들은 저 바다가 마당인데 뺏겼다면서. 수직의 높이와 정확한 층수가 중요한 그 세계에서는 자기들끼리 바다를 나눠서 가진다. 번지수와 땅 주인과 이웃, 마당까지 겹쳐 있는 이곳에서는 잘 통용되지 않는 원리들.

구불구불한 계단과 길을 걸으면 열어 놓은 문 안으로 살림이 훤히 보인다. 그 문을 향해 음식을 들이밀며 불쑥 말을 거는 이웃, 얼굴도 보이지 않는데 대답부터 하는 안쪽 사람이 있다. 집 안팎의 경계가 모호하다. 계단참이나 길 한편 바닥에 아무렇게나 모여 앉아 이야기를 나누는 사람도 많다.

빨래 건조대와 고추 말리는 돗자리가 가던 발걸음을 주춤하게 만든다. 길과 계단이 공동 마당이 되기도 하는 산복도로의 마을들은 차도와 인도의 구분마저 뚜렷하지 않다.

똑같은 원복을 입고 가방 멘 유치원생들이 넓은 계단에 앉아 있다. 잠이 덜 깬 아이, 옆 친구의 귀에 대고 뭔가 속삭이는 아이, 오전부터 기분이 상해 울먹이는 아이…. 마침 도착한 노란색 봉고에서 역시 같은 옷을 입은 아이 몇 명이 내린다. 계단 꼭대기에 있는 어린이집 아이들이다. 교사들이 아이들 손을 잡고 계단을 오른다. 그런 식으로 여러 번 오르내리는 모양이다.

그 계단 맞은편 집 앞에는 노인이 여러 명 모여 있다. 노인들은 노인들대로 평상에 모여 수다를 떨다가 계단의 아이들을 유심히 쳐다본다. 아이들이 우르르 떠나자 한 할머니가 일어서서 엉덩이를 턴다. 하얀 생머리를 짧게 커트해 실핀으로 앞머리를 고정했다. 아침마다 동네 사람들을 불러 모으느라 시끄러운 흰머리 할매다. 한여름에도 가제 손수건으로 목을 동여매는데 공장에서 다친 흔적을 가리는 거라고 이모가 말해 준 적 있다. 까맣게 염색한 머리를 복슬복슬하게 파마한 주변 할머니들과 다르다. *아이고, 아—들 보는 기 세상 제일 재밌다. 구경 잘했다. 내 가요, 올라가입시다.* 서로 올라가자고 인사해 놓고 할매는 계단 아래로 내려간다.

흰머리 할매는 계속 나와 향하는 길이 같다. 자그마한 체구지만 팔순 노인치고 발이 빠르다. 남의 집 앞에 나온 물건이나 쓰레기가 보이면 함부로 들춰 본다. 작은 크로스백을 메고 있는데 든 게 없는지 허공에 들썩거린다. 할매는 나만 보면 어딜 가냐고 아는 척한다. 이모와 엄마는 흰머리 할매와 잘 어울렸다. 둘 다 할매의 농담을 좋아했지만 난 피하기 바쁘다. 자꾸만 신상을 캐묻고 안부를 살피고 뭘 주겠다는 할매의 표현이 부담스럽다.

동네의 여성 노인들은 이미지가 비슷하다. 폐지를 줍던 사람. 길고양이 밥 주지 말라고 내게 잔소리하던 사람. 앞집 화단 앵두나무 열매를 몰래 따던 사람. 마을버스 요금함 턱에 아무렇게나 앉아 통행을 방해하던 사람. 아니면 부산진역 노숙인·독거 노인 무료급식소 앞의 길게 늘어선 줄에 서 있던 사람. 그 모두가 한 사람으로 뭉뚱그린 이미지다. 물론 그 동네 노인들에게는 나도 뭉뚱그린 이미지로 취급된다. 조금 안면을 튼 이웃들은 '니가 엄마 땜에 고생이 많다.' 그런 말로 내 이미지를 만든다. 고생하지 않는 고생 많은 딸. 물론 흰머리 할매는 다른 방식으로 나를 대하지만 그것도 썩 반갑진 않다.

6

병원 입구에 서서 원무과에 전화한다. 입원비 수납하러 왔다고 말하자 안에서 직원이 나온다. 동백전 카드로 오십만 원 결제하고, 나머지는 이 카드로 계산해 주세요. 계산을 기다리는 동안 건물을 올려본다. 저기, 엄마가 있다. 들릴 리 없지만 엄마—, 하고 조용히 불러 본다.

일어나지 못하고 걷지 못하고 콧줄로 유동식을 공급받는, 누구에게도 전화 한 통 걸지 못하는 엄마가 하염없이 눈물만 흘리며 4층에 있다. 이 입구의 자동문을 지나쳐 계단을 오르면 바로 볼 수 있는데, 일 년 넘게 못 보고 있다. 전염병 때문에.

엄마를 마지막으로 본 때는 2019년 겨울이었다. 파킨슨병과 치매 때문에 요양병원에 들어간 지 오 년째 되던 해였다. 이모의 장례식을 치렀지만 엄마에게 알릴 수 없었다. 엄마는 나를 보고도 영아, 영아, 하며 이모를 찾았다. 대화가 되지 않았다.

엄마의 눈에서 쉴 새 없이 눈물이 흘렀다. 취향과 상관없이 짧게 깎아 버린 머리카락이 하얗게 세어 더

나이 들어 보였다. *동생분이 안 오셔서 그런지 일주일 전부터 계속 저렇게 우세요.* 간호사가 내 눈치를 보며 말했다. 나는 서랍에서 휴지와 손수건을 꺼내 엄마의 눈물을 닦았다. 누워서 울다 보니 눈물은 엄마의 관자놀이를 지나 귀를 향해 흘렀다. 눈물길 주변으로 눈물이 눈곱처럼 덩어리져 말라붙어 있었다. 그리고… 귀 주변에 말라붙은 눈물이 쌓여 두꺼운 귀지가 생겨 있었다. 이 정도면 아무 소리도 못 듣겠다 싶을 만큼의 양이었다. 간호사를 찾아가 면봉을 달라고 했다. 면봉과 물수건으로 엄마의 귀와 얼굴을 닦아냈다. 손톱과 발톱도 깎았다. 그동안 머릿속에 떠다니던 생각들이 고요히 가라앉았고, 그것들이 차갑게 마르도록 내버려뒀다. …엄마는 아직도 울고 있을까. 눈물길 위에 귀지는 얼마나 쌓였을까.

동백전 결제가 완료되어 십 퍼센트 캐시백이 들어왔다는 알림창이 뜬다. 계산이 끝났다는 신호다. 카드를 돌려받고 시장 쪽으로 걷는다. 이제 한낮의 햇볕이 꽤 따가워서 양산을 든 사람이 드문드문 보인다. 오늘은 수목 돌풍의 날. 옛 백제병원 건물 옆에 있는 마트는 고기가 저렴한 편이다. 카트에 고기를 담고 채소 코너를 돌아본다.

파이다, 그거. 누가 하는 소린가 싶어 돌아보니 흰 머리 할매다. 아, 그렇게 피해 다녔건만. *그 고구마 파 이다꼬. 저쭈 우에 시장 가면 쌩쌩하고 헐타. 거서 사 라.* 내가 눈을 동그랗게 뜨고 무언의 항의를 해 보지만 할매는 꿈쩍도 하지 않는다. 아무렇지도 않게 내 카트 를 뒤적인다. *아이고, 닌 아—도 아이고 햄, 라면, 이런 것만 묵나. 풀도 묵어야지. 김치 살라고? 니 김치 없나? 내 김치 좀….*

아니요, 필요 없어요. 할매의 '줄까' 말이 나오기도 전에 빠르게 거절한다. *허허허허허.* 할매는 무안한지 웃고 만다. 무례했다는 생각이 들지만 딱히 다른 말이 떠오르지 않는다. *채소나 김치는 필요하면 말해라.* 그 러고 휙 돌아 출구를 향해 걷는다. 그녀의 손에는 아무 것도 들려 있지 않다. 물건은 사지도 않을 거면서 왜 들 어왔나. 헛것을 보았나 싶을 만큼 빠르게 사라진다. 새 삼 손에 든 고구마가 꺼림칙하다.

7

마을버스 운행이 끝나고, 좁은 골목을 돌며 쓰레기를 수거하는 사람들마저 일을 마친 밤 열두 시. 이제야 고요해진다. 자기 위해 눕는다. 일부러 그렇게 정한 것은 아니지만 토막잠을 자고 있다. 새벽에 세 시간 정도 자고 아침에 한두 시간 선잠, 그리고 늦은 오후에 세 시간 잔다. 늦은 새벽부터 정오까지 자던 수면 패턴이 조금씩 바뀌다가 이렇게 되었다.

자려고 누우면 배 속에 물 흐르는 소리가 들린다. 위장이 좋지 않아 자주 꾸르륵거리는 편이긴 하지만 요즘은 밤마다 소리가 난다. 문득 그런 생각이 든다. 혹시 내 몸속에서 피가 새는 것은 아닐까. 식도나 위의 어느 부분에 구멍이 생겨 피가 새는 상황. 그러면, 흘러나온 내 피는 내 위와 장을 통과하면서 다시 영양분이 되는 걸까.

옆으로 돌아누우니 베개에 눌린 귀에서도 소리가 들리는 것 같다. 어쩌면 피가 처음 샌 자리는 귀일지도. 소리는 귀에서 들리는 거니까. 혹시 눈물샘이 안쪽으로 터져서 눈물이 내 안으로, 귓속으로 흐르는 거면 어쩌나. 귀에서 눈물이 흐르는 소리가 이런 걸까. 그렇다면 이 소리는 울음소리라 할 수 있나. 이 울음은 누구의 것일까. 눈물의 것일까, 눈물샘의 것일까. 아니면 귀의 것일까.

그러고 보니 내가 누운 이 바닥 아래에 하천 길이 있다. 이 집은 건물만 있고 땅이 없다. 산복도로 마을은 시유지, 국유지라 불리는 남의 땅에 무허가 집을 짓고 사는 사람이 많았다. 대개 불하를 받아 양성화 과정을 거치는데 아직도 무허가 건물이 종종 있다.

독립했다는 고국을 찾아 배를 타고 들어온 동포들. 전쟁이 터지자 배와 기차를 타고 낯선 곳으로 내려온 피란민들. 일자리를 찾아 도시를 찾은 가난한 젊은이들. 집 없고 돈 없는 이들이 쉽게 갈 만한 곳은 산이었을 것이다. 부산항, 부산역과 가까운 이곳, 산에 오른 사람들은 빈자리가 보이면 판자로 벽을 세워 집을 만들고 살았다. 돈이 모이면 그 자리에 좀 더 튼튼한 집을 지었다. 인구가 폭발적으로 늘어난 산동네는 땅이 부족해 물길을 덮고 건물을 짓기도 했다. 이 집은 한국 전쟁 시절 피란 내려온 외할아버지가 그런 곳에 지은 집이다.

이모가 돌아가시고 집을 처분하려다가 이 집엔 땅이 없다는 사실을 알았다. 물이 흐르는 하천은 땅이 아니니까. 골목을 따라 이어지는 몇 채의 집이 이 하천 부지에 묶여 있다.

　이 집에서 자란 엄마와 이모는 산 너머 신발 공장에서 함께 일했는데 엄마가 일찍 결혼해서 나는 이 집에 대한 기억이 얼마 없었다. 이모는 독신을 고집했다. 외할아버지가 위암으로 돌아가시고, 외삼촌이 젊은 나이에 교통사고로 죽고, 아들을 갑자기 잃은 외할머니는 화병을 얻어 앓다가 돌아가셨다. 이 집에 남아 모든 과정을 지켜본 이모는 크게 낙심하거나 한탄하지 않았다. 그저 생계를 위해 산을 오르내리는 일만 묵묵히 했다. 남편을 일찍 잃은 엄마가 파킨슨병을 앓자 같이 살자고 제안한 사람도 이모였다. 자존심이 강해 사람들 앞에서 아쉬운 소릴 하거나 우는 모습을 보이지 않는다는 면에서 엄마와 이모는 비슷했다. 둘은 이상한 고집을 부리면서 같이 사네, 안 사네, 오래도록 다퉜다. 내가 이모에게 집세와 생활비를 내겠다는 조건으로 둘을 중재했다. 스무 살 이후 계속 타지를 떠돌던 나로선 엄마가 이모와 함께 살겠다고 해서 좋았다. 이모는 그즈음 버려진 새끼 고양이였던 노랑이까지 키우게 됐는데 그 자그마한 고양이 하나가 얼마나 큰 힘을 발휘했는지 이모와 엄마는 각자가 지닌 우울과 고단함을 떨쳐내고 오히려 발랄해졌다. 내가 노랑이 때문에 이 집에 눌러앉은 것은 과한 결정이 아니다. 노랑이는 이모의 임종을 지킨 이모 아들이었고, 내 사촌이기도 하다.

옆에 누운 노랑이의 옆구리를 한번 쓸어 본다. 고롱고롱 노랑이는 가슴을 울려 소리낸다. 기분이 좋거나 아파서 힘들 때 내는 이 소리처럼, 내 배 속의 물소리도 감정을 표현하는 소리면 좋겠는데.

아니, 배 속이 아니라 땅 아래 물이 흐르는 소리면 좋겠다. 끈적이는 방바닥에 귀를 바짝 붙인다. 고롱고로롱고로롱. 물소리보다 노랑이의 배 소리가 더 크게 들린다. 워터파크의 기다란 미끄럼틀을 떠올린다. 노랑이와 내가 이 아래 하천 바닥을 미끄럼틀 삼아 바다까지 흘러가는 장면. 엄마가 있는 요양병원은 원래 바다가 있던 자리에 지어졌다. 그 땅 아래도 바다라면 이대로 거기까지 흘러가 엄마를 보고 오면 좋겠다. 가능하다면 이모도 함께. 이모도 아직 살아 요양병원에 입원했다 치고. 하지만 건물을 어떻게 오르나. 그래도 본다 치자. 상상은 늘 '했다 치고'니까. 경계도, 구분도, 안팎도 없이. 했다 치고, 있다 치고, 맞다 치고.

그런데 왜 울었다 치고는 안 되나. 때렸다 치고, 화냈다 치고는 후련한 맛이 있는데 울었다 치는 일만은 그렇지 않다.

내가 좀 울고 싶은데.

8

울고 싶지 않아. 그렇게 생각하면서 자주 울었다. 작정하고 우는 것은 아니고 그저 감정이 찼을 때 어떤 신호를 만나면 눈물을 흘린다. 수통이 차면 비워야 하는 제습기처럼 평소의 감정을 차곡차곡 모아 놨다가 드라마, 영화, 책을 보면서 운다. 울고 싶지 않아서 책을 보고, 울고 싶지 않아서 드라마를 생각하며 운다. 읽고 보는 일은 우는 일이 된다. 나는 울고 싶지 않으니까.

이제 나는 울고 싶어서 책을 읽지 않고 텔레비전도 보지 않는다. 눈물 흘릴 기회는 많은데 울 일은 잘 안 생긴다.

9

새가 운다. *미음 비읍 시옷 지읒지읒지읒지읒지읒… 밈, 빕, 싯, 즞즞즞즞* … *ㅁ, ㅂ, ㅅ, ㅈ, ㅈ, ㅈ, ㅈ, ㅈ*…. 이모가 좋아하던 글자 외는 새소리다. 새가 외는 글자가 방 안에 들어온다. 이응 없는 자음을 천장 무늬에 자잘하게 새긴다. 저 새는 누굴 부르는 건가. 자음자를 넣어 이름을 만들어 본다. 그러다 결국 포기한다. 이름 하나 떠올릴 수 없다가, 이름 하나만 떠오르기도 해서. 이럴 땐 그냥 옥상으로.

뻐꾸기가 운다. 비를 맞은 잎은 무성해지고, 햇볕을 쬔 초록은 짙어지고, 바람 만난 나무들이 반짝반짝 손 흔들고, 하늘엔 구름마저 뭉게뭉게 자라니까, 이곳은 여름. 엄마와 이모만 있으면 완벽할 텐데. 엄마는 이 풍경이 얼마나 보고 싶을까.

어릴 적 문방구에서 '비눗방울 주세요' 하면 비눗물이 든 작은 필름 통과 깔때기 쓴 빨대를 내주었다. 외가에 올 때마다 그 세트를 사서 옥상에서 불곤 했다. 무지개색 비눗방울을 후, 불면 그 방울 속에 이 동네의 풍경이 담겨서 떠다니곤 했다. 하늘의 구름과 할머니의 조골조골한 손과 스테인리스 대접에 담긴 미숫가루와 옆집 강아지 해피의 얼굴. 이곳의 장면들을 비눗방울

에 담아 엄마에게 보내면 좋겠다. 파라솔 그늘과 뒹굴
뒹굴하는 노랑이의 분홍색 배, 빳빳하게 마르는 빨랫
줄의 수건, 장독 뚜껑에 고인 빗물, 그리고… 엄마가 키
우던 화분들이 있어야 하는데. 엄마에게 둥둥 흘러가
는 비눗방울을 상상한다. 거기까지 터지지 않고 잘 흘
러간다, 치면서.

10

깨진 유리, 찢어진 방충망, 고장 난 새시, 현관문, 수
리합니다. 어서 나오셔서 문의하세요.

하루에 서너 번 집 앞을 지나는 트럭이다. 조금 있
으면 고장 난 테레비, 콤퓨타, 에어컨 산다는 트럭도
올 것이다. 영양 많고 맛 좋은 표고버섯이 한 소쿠리에
천 원 한다는 차도 곧 와야 한다.

이 동네는 산복도로의 망양로보다 한 블록 위에 있
는데 도로는 좁지만 마을버스가 다닐 정도로 차량 통
행이 잦다. 시장과 거리가 먼 산동네라 물건을 파는 트
럭이 자주 오간다. 하루 동안 지나는 트럭의 방송 멘트
만 따라 적어도 공책 한 바닥이 채워질 것이다.

언젠가 흰머리 할매가 양파를 판다는 트럭을 쫓아가며 좁은 길에 차를 세우게 했다. *아저씨, 아저씨,* 큰소리로 부르며 손뼉을 쳤다. 트럭 뒤에 따르던 승용차 주인이 갑자기 여기서 차를 세우면 어쩌냐고 트럭 주인에게 화를 내며 지나갔다. 그런데 할매는 트럭에 실린 양파가 자색이라는 것을 확인하고 돌아서 버렸다. 트럭 기사가 지금 똥개 훈련시키냐며 소릴 질렀지만 할매는 개의치 않고 몇 마디 받아치며—*내는 뭐 심심해서 쌔빠지게 뛰었나?*—언덕 너머 골목으로 들어가 버렸다. 트럭 기사로서는 열받는 상황이지만 결과적으로 성공했다. 큰 소리에 몰려든 이웃이 양파를 발견하고 많이 사 갔기 때문이다.

흰머리 할매와 마트에서 마주친 그날, 결국 고구마를 사지 않았다. 고구마를 먹고 싶은데 고구마 트럭이 오지 않는다. 배달 주문을 하긴 비싸다. 어쩌면 이 불편이 마을 사람들로 하여금 채소를 키우게 한 이유일 수도 있겠다. 아니면 정착한 사람의 마음일까. 허공을 떠돌던 씨앗이 가까스로 자리를 잡은 것처럼, 타지를 떠돌던 스스로를 이 땅에 심은 마음. 굳건히 심겼다고 믿는 마음.

그나저나 흰머리 할매를 다시 만나면 어떻게 하나.
죄송하다 해야 하나.

11

 …씨, 이… 쒸! 칫! 끝집 사는 여자가 또 계단을 오른
다. 일주일에 두세 번은 보게 되는 장면이다. 왜 홀로 저
렇게 기어가는지 이해되지 않지만 먼저 묻기도 어렵
다. 어쩌면 저이는 도움이 필요한 걸까. 핸숙아! 골목 입
구에서 누가 외치자 벽에 기대서 옆으로 가던 여자가
고개를 외로 튼다. 또 흰머리 할매다. 엄마 일하러 갔
나? 이제 잘 가네. 힘내라! 벽에 붙어 있던 여자는 밝게
외친다. 네!

12

 엄마가 있는 병원 4층 간호사실에서 엄마가 쓸 물
티슈, 폴리글러브, 갑휴지를 갖다 달라는 전화가 온다.
병원비 수납하면서 들였어야 했는데 잊었다. 간호사
에게 면회는 언제쯤 가능할까요, 묻는다. 엄마는 휠체

어를 탈 수 없어 비대면 면회도 못 하고 있다. 간호사가 자신의 휴대전화로 영상 통화를 해 보겠냐고 한다. *내일 오후 두 시쯤 영상 통화 가능하세요?* 얼떨결에 그러겠다고 대답한다.

엄마를 보고 싶지만, 보고 싶지 않다. 내가 보고 싶은 엄마는 이모와 함께 살던 때의 엄마다. 아픈 엄마를 혼자 어떻게 보나. 무섭다. 이럴 때 이모가 같이 있으면 좋을 텐데. 이모처럼 무심하고 건조하게, 하지만 다정하게 살고 싶은데 마흔 다 된 지금도 그러기 쉽지 않다. 그냥 영상 통화를 안 하겠다고 할까.

병원 앞 의료기기 상가에서 물품을 사서 병원 1층 카트에 넣고 나온다. 초량천을 향해 걸으며 울산에 있는 오피스텔을 세 놓고 싶다고 부동산에 전화한다. 이모의 장례식을 끝내면 이곳의 집을 정리하고 노랑이, 엄마와 울산으로 돌아가려고 했다. 하지만 전염병이 창궐했고 부원장으로 있던 학원은 결국 문을 닫았다. 그래도 곧 울산에 올라가 학원을 차리겠다고 계획했고, 학원 자리를 알아보기도 했다. 하지만 무엇도 시작하지 못했다. 결국 이곳이 아니라 저곳을 정리하기로 했다. 백수인 채로 계속 이렇게 지낼 수는 없고 무슨 일을 할지 다시 고민해야 한다. 햇볕이 꽤 따갑다. 머리도 식힐 겸 카페의 테이크아웃 전용 창 앞에 서서 아이스 커피를 주문한다.

아, 저 할매는 왜 계속 내 눈에 들어오는가. 초량천 난간에 서서 하천을 내려다보는 작은 키의 흰머리 할매. 남편 없이 아들 하나, 딸 하나를 키웠는데 아들은 집 나가서 소식이 없고 딸도 결혼해서 대구에 사는데 왕래가 별로 없다고 이모가 말한 적이 있다. 일주일에 사흘은 청소일 나가고 나머지는 산동네 위아래를 쉬지 않고 걸어 다니며 폐지를 줍거나 사람들을 만나 수다를 떤다고 했다. *할매가 참 성실했거든. 아들이 무역 일 배워서 돈을 잘 번다니까 평지에 있는 큰 주택으로 이사 갈 줄 알았는데 망해뿌고 소식이 없다아이가. 할매가 평생 일을 해서 집에 가만히 있는 걸 못 하는 양반이라. 외롭고 한스러워서 그렇게 걷는 거 같기도 하고.*

벚꽃이 한창 피던 어느 날, 퇴근한 이모는 86번 버스를 타고 돌아오고 있었다. 오후 네 시 퇴근이라 날은 밝았지만 비가 부슬부슬 내렸다. 금수사를 막 지나 컴퓨터과학고 정류장으로 향하는 길에 흰머리 할매가 비를 맞으며 걸어가고 있었다. 마침 주차장에 차를 넣는 승용차가 있어 버스는 서행 중이었다. 차창으로 보이는 할매의 모습이 처량해서 가지고 있는 우산을 내주려고 했는데 창문을 열기만 하고 아는 체를 못 했다고 했다. 할매가 혼자 악을 쓰듯 말하며 걸었기 때문이다. 꽃잎과 비가 허공을 가려서 우는 것까진 자세히 못 봤지만 딸의 이름을 부르면서 걷더라고. 그렇게 예쁜 길을 미친 사람처럼. *갱진아. 갱진아.* 목이 쉬어라 부르면서. 경진이라는 딸이 죽었다는 건 한참 뒤에 알았다고 했다.

13

흰머리 할매 손에 레모네이드를 내민다. *뭐고?* 더운데 땡볕에서 뭐 하세요? 이거 드세요. *히익, 야, 이거 비싼 거 아니가?* 도로 물리라는 할매의 말에 한숨이 나온다. 이미 만들어서 나온 걸 어떻게 환불받냐고, 비싸면 애초에 사지도 않았을 거고 안 마시면 버려야 한다고 답하니 그제야 빨대에 입을 댄다. *아이고, 씨원타. 이거 얼마고? 내 돈 주께.* 할매의 호기로운 말에 웃음이 난다.

지금은 물이 얼마 없지만 옛날에는 비 오면 여게 홍수 나서 물바다였는데. 할머니, 매일 이렇게 걸어 댕기는 거 힘들지 않아요? 뭣이 힘들어. 다니면 재밌지. 그러면 여행, 그런 것도 좋아하시겠네. 팔자 좋은 사람이나 가지, 여행은 무슨. 일하러 왔다 갔다만 해 봤지. 내가 어데 놀러를 댕겨 봤겠나. 아는 데가 여뿐이라.

그럼, 할머니. 만약에 멀리 여행 가면 어디 가 보고 싶은데요? 에? 몰라. 바다도 보고, 산에 꽃도 보고, 그럼 되겠지. 아, 태종대. 젊을 적에 같이 일하는 아지매들이랑 거길 간 적이 있거든. 거가 좋더라고.

'멀다'의 개념이 고작 태종대에서 멈추다니. 할머니, 저랑 같이 태종대 가실래요? 186번 타면 갑니다. 저도 부산을 잘 몰라서요. 좀 다녀 볼라고요. 같이? 언제? 할머니 가고 싶을 때요. 그럴까? 나는 암 때나 가면 되거던. …내일 갈래? 아, 내일은 안 되고요. 모레 갑시다. 대신에 부탁이 있습니다. 뭔데? 아, 김치?

14

엄마! 엄마! 엄마, 여기 봐라! 화면 속 엄마는 살이 많

이 빠져 있다. 엄마는 아무 대답도 않고 허공만 본다. 영
상 통화 시간은 오 분밖에 없는데 말은 떠오르지 않고
계속 엄마만 부르게 된다. 뒤에서 흰머리 할매가 우는
통에 더욱 정신이 없어서 그런 걸 수도 있다. 나는 엄마
를 부르고 할매는 *아이고 숙자야*, 울고. 엄마는 자꾸 다
른 곳을 본다.

가까스로 정신을 차리고 말한다.

엄마, 여기 봐라. 노랑이. 노랑이는 똑같이 잘 먹고
지낸다. 맞제? 그리고 엄마, 엄마! 여기 봐야지. 우리 옥
상 그대로제? 기억나제? 옥상에 채소도 봐라, 그대로
제? 엄마만 나아서 집에 오면 된다. 얼른 나아서 봅시
다. 어? 힘내자!

나을 수 없지만 낫자는 말에 엄마가 희미하게 웃는
다. 그리고 대답한다. *알겠다!* 그 대답을 듣는데 왈칵,
눈물이 난다.

15

달달─하이 크고 맛있는 수박 사 가요, 수박. 공짜
로는 몬 주고 공짜 비스무리이─하이 줍니다.

전화를 끊고 보니 둘 다 눈물과 땀을 한 바가지씩 흘려 갈증이 난다. 수박 파는 트럭을 불러 세워 공짜 비슷한 값치고는 비싼 수박을 두 통 산다. 하나는 할머니께 드리고 한 통을 쪼갠다. *야, 저거 그냥 니가 키아라. 무거버서 도로 몬 들고 간다. 어차피 집에 천지 빼까리다. 대신 빈 화분을, 내를 도. 묵을 사람이 없어서 키아도 다 남주기 바쁘고….*

깻잎, 상추, 가지, 고추 화분을 흰머리 할매 집에서 옮기느라 혼이 났다. 최대한 엄마가 기억하던 집을 그대로 보여 주고 싶어서 할매에게 부탁했는데 흔쾌히 들어 주었다. 할매는 수박을 먹다가 벌떡 일어나 옥상 구석에 놓인 빈 화분을 고르기 시작한다. 그녀의 속도에는 아직도 적응되지 않는다.

할매가 이거, 저거, 말을 하면 그 화분을 꺼내 보여 준다.

쏴아아, 갑자기 생각난 것처럼 바람이 분다. 느티나무 이파리가 손을 크게 흔들자 매미가 운다. 할매가 준 화분의 깻잎이 흔들리고 내 등도 순간 선득하다. 이 바람은 곧 계단과 골목을 따라 구석구석 웅크린 집들을 방문할 것이다. 올라가입시다, 사람들의 인사를 들으며 내려가다가 엄마가 있는 병원 창문에 잠시 기대겠지. 그리고 곧 바다에 닿는다. 올라가자는 인사를 바다에 남기며.

그러면 바다는 오래 기다린 것처럼 바람을 보낼 것이다. 산을 향해 오르는 축축한 짠 바람을. 올라가입시다. 모두의 인사에 대한 대답처럼.

도망자의 마을

마을버스는 구불구불한 언덕을 따라 한참 올랐다. 퇴근 시간대라 사람이 많았다. 수현이 대학 졸업하고 마흔이 될 때까지 출퇴근 시간의 대중교통을 이용한 날은 손꼽을 만큼 적었다. 그래서 처음 보는 사람들과 엉덩이, 어깨를 맞대고 서는 일이 어색했다. 한동안 버스에서 내리는 사람은 없고 타는 사람만 있었는데 버스는 정차할 때마다 '차 문이 혼잡하오니 안으로 들어가 주시기 바랍니다'라고 안내했고 수현은 뒤로 떠밀렸다. 손잡이를 잡은 손이 몸에서 점점 멀어졌다. 운전대가 좌우로 돌 때마다 사람들은 이리 휘청, 저리 휘청, 모두 합심해서 한 방향으로 흔들렸다. 중학생 시절, 수련회에서 처음 보는 교관의 수신호에 따라 어깨동무한 아이들과 한 덩어리로 뭉쳐 왼쪽으로— 오른쪽으로— 뛰던 일이 수현의 머릿속에 떠올랐다. 혹시 사람들 사이에 몸이 꽉 낀 채로 내 두 발이 허공에 떠 있진 않을까, 원숭이처럼 손잡이에 매달려서. 다음부터 한 시간 이상 일찍 나서야겠다. 수현이 그런 생각을 하는 동안 사람들이 하나둘 하차했다.

언덕의 꼭대기가 아닐까 싶을 때쯤 내렸는데, 지은 지 삼십여 년 가까이 됐다는 공립도서관은 마을버스

정류장에서도 한참 떨어진 곳에 있었다. 수현은 차 한 대가 가까스로 지나갈 만한 좁은 골목에 들어서서 두리번거렸다. 스마트폰 지도 앱이 알려 주는 대로 골목 안을 걷는데 입구가 보이지 않았다. '작가님. 도서관이 구석에 있어서 바로 안 보여요. 입구에 오시면 전화 주세요.' 담당자의 문자 메시지는 최소 입구까지는 찾을 수 있단 뜻이었는데, 수현은 몇 번이나 골목 초입으로 되돌아왔다. 강의 시작 이십 분 전이었다. 담당자 연락처를 찾았다. 휴대폰 위로 벚꽃 잎이 두 개 떨어졌다. 떨어진 방향을 올려보니 축대 위에 거대한 벚나무가 가지를 펼치고 서 있었다. 그제야 수현의 시야에 벽돌 건물이 들어왔다. 도서관으로 올라가는 길이 벚나무에 가려져 있었던 거다. 해 지기 직전 노을 진 하늘을 배경으로 서 있는 건물은 분홍 구름 위에 떠 있는 것처럼 보였다.

*

'2 3만우·ㄴ 보내다오' 수현은 눈뜨자마자 아침 일찍 도착한 아버지의 문자 메시지를 봤다. 뭔 소리야, 도

대체. 수현은 통화 버튼을 눌렀다. 그래 놓고는 황급히 종료했다. 아버지의 사연을 듣고 화내는 과정을 떠올리자 피곤해졌기 때문이다. 아버지와의 대화 끝에 나오는 화는 수현 자신이 내지만 결국 상처도 수현이 받는 이상한 과정이었다. 일단 문자 메시지는 '23만 원 보내 다오'로 해석됐다. 수현은 이 '23'이라는 숫자가 어떤 연유로 나온 것인지 궁리했다. 공과금이 이렇게 많이 나올 리는 없고…. 아버지와의 최근 대화를 돌이켜 보면 건강보조식품을 샀을 가능성이 컸다. 얼마 전 아버지가 청소하는 빌딩에 건강식품 회사가 들어왔기 때문이다. 그렇다면 일단 잔소리는 미루자고 결론을 내렸다.

상황을 추측하고 나자 수현은 자신의 생활비에서 어떻게 '23'을 떼내야 하는지 궁리했다. 매달 십만 원씩 보내던 용돈을 한동안 보내지 못하고 있었으므로 군말 없이 돈을 보내기로 했다. 대출 이자, 월세, 스터디카페 이용 요금, 공과금, 휴대폰을 비롯한 통신 요금, 생활용품과 식대, 교통비의 금액을 조정해야 했다. 그런데 줄이고 줄여 봐도 여윳돈은 십만 원밖에 나오지 않았다. 내일모레 마흔인데 모아 둔 돈 한 푼 없이 전전긍긍하다니 수현은 심란했다. 지난 십이월에 일이 다 끊기는 바람에 여파가 컸다. 지역 신문의 칼럼 연재가 끊겼고 작년 하반기 종료된 글쓰기 강의는 다시 개설되지 않았다. 투고한 소설을 게재하겠다고 말하는 문예지 또한 아직 없었다. 적금이나 보험은 이미 해약하고 없다. 수현은 노트에 적힌 '스터디카페'에 동그라미를 여러 번 그렸다. 작업실 삼아 다니는 스터디카페 이용 요금이 십이만 원이었다. 작업실을 포기할까.

수현은 운 좋게 이십 대 초반에 등단했다. 등단한 해에 한 문예지의 '주목받는 신인 특집'에 신작 소설을 발표했다. 그 후로 첫 책이 나올 때까지 수현은 전업 작가로 소설을 쓰느라 바빴다. 하지만 딱 그때까지였다. 어느 순간 돌아보니 소설은 잘 써지지 않았고 청탁도 없었다. 평생교육기관에서 글쓰기를 가르쳤고 예술인 일자리 지원 사업에 참여해 돈을 벌었다.

수현의 부업은 대개 작가 타이틀을 달고 하는 일이었으므로 일을 하려면 작품이 좋아야 하는데 요즘 들어 잘되지 않았다. 소설이고 뭐고 다 때려치우고 안정적인 알바라도 구해야 하나, 수현은 자주 고민했다. 그때 수현의 휴대전화가 울렸다. 아버지가 전화한 줄 알고 깜짝 놀랐지만 전화한 사람은 다행히 K 시인이었다.

중견 시인 K는 수현에게 다짜고짜 강의 하나 맡으라고 했다. M구 도서관에서 수필을 가르치던 강사가 나가는 바람에 대타가 필요하다고. K 시인은 그 도서관에서 삼 년째, 금요일 저녁마다 시 쓰기 강좌를 진행하고 있었다. 도서관 근방에 대단지 아파트가 들어선 이후 이용자가 급증하면서 문예 강좌 수강생이 늘었다. 문인들이 모인 행사장에서 만난 K 시인은 도서관 수강생이 공모전에 당선되면서 입소문을 좀 탔다고 자랑을 늘어놓곤 했다. '화요수필, 목요독서, 금요시, 토요문화산책, 내가 다 짜 놓은 거란 말이야. 이 작가, 내가 자기 추천했거든. 와서 수업만 하면 된다고.' 수업만 하면 되지 뭐가 더 필요한가 싶었지만, K 시인이 '강사료도 다른 데보다 회당 오만 원씩 더 쳐 준다'라고 하자, 수현은 감사하다고 거듭 인사했다.

*

수필 창작 교실 참가자는 열다섯 명이었다. 수강생 명단에 적힌 연령대는 이십 대에서 오십 대까지 다양

한데 마흔을 전후로 한, 수현 또래가 가장 많았다. 직장인을 위해 야간에 개설한 프로그램이지만 근처 아파트에 사는 독서회 회원이 수강자 절반 넘게 차지한다고, 담당자가 말했다.

리모델링 후 재개관한 지 얼마 되지 않아 강의실에는 페인트 냄새가 강했다. 열어 놓은 창으로 도서관 뒷산에서 바람이 불어왔다. 공기가 차가웠지만 냄새 때문에 닫지 못했다. 두 명씩 앉을 수 있는 책상과 의자가 한 분단에 여덟 줄씩 2분단으로 놓여 입구와 가까운 분단에는 다섯 명이 띄엄띄엄 앉아 있고 안쪽 창가 분단에는 여덟 명이 모여 앉아 있었다. 모인 사람들이 독서회 회원일 거라고 수현은 짐작했다.

수현은 출석을 부르고 앞으로 어떻게 수업을 진행할지 설명하기 시작했다.

여러분은 매시간 수필을 읽고, 쓰고, 작품에 대해 말하는 전 과정을 하게 될 겁니다.

그러자 여덟 명의 첫 줄에 앉은 은정이 말했다.

강사님, 우리는 원래 쓰고 싶은 사람만 썼는데요.

은정의 얼굴엔 파운데이션이 무너짐 없이 균일하게 발려 있었다. 은정의 화장한 얼굴을 찬찬히 들여다

보면서 수현은 멍해졌다. 수현의 머릿속에 '우리는 원래'라는 단어가 지나가자 곧 쉼표가 그려졌고 쉼표 사이로 'ㅇㄹ'이 들어가는 단어들이 솟았다. 오름, 아래, 어른, 아름, 우롱, 유린, 의리, 아량, 이리, 여린, 위로, 와라, 어라…. 수현의 눈이 허공을 응시하는 동안 은정은 팔짱을 끼고 수현의 멍한 표정을 올려봤다. 작가라고 들었지만 새삼 어딘가 모자라 보이는 것이 김 작가보다 격이 떨어지는 사람 같았다. 자신을 가르치는 선생이라면 예술적 영감으로 가득 찬 사람이어야 하는데.

수필을 쓰기로 한 강좌에 글을 안 쓰면 십이 주간 매주 모여서 두 시간씩 무얼 했나요, 수현이 갑작스럽게 은정에게 반문했다. 당황한 은정이 머뭇거리는 동안 옆에 앉은 영심이 차분히 대답했다. 이전에 강의하셨던 김 작가님은 읽어 봐야 할 에세이를 복사해 와서 함께 낭독했고, 가끔 책이나 예술 영화 보고 감상 후기를 썼다고. 자발적으로 수필을 써 온 사람들의 글은 함께 낭독하고 첨삭은 개인적으로 받았다 했다. 수현은 잠시 이마를 짚었다. 이럴 거면 화요수필, 목요독서, 금요시, 토요문화로 왜 나눴나.

뒤에 알게 됐지만 수현이 오기 전, 김 작가는 화요

일과 토요일 프로그램을 동시에 맡았다. 이 년여 강의를 진행하면서 무슨 생각으로 요령을 피웠는지, 두 개 프로그램 내용이 점점 비슷해졌다. '엄연히 수업 목표가 다른 두 개의 프로그램이 왜 똑같은 내용으로 진행됩니까?' 이런 제목으로 도서관 홈페이지 자유게시판에 항의 글이 올라왔다. 한동안 게시판이 시끄럽다가 결국 김 작가가 그만두고 나가는 것으로 상황이 끝났다. 문예 프로그램을 주도하던 K 시인의 역할이 축소됐다. 담당자는 수현에게 수강생이 수필을 한 편이라도 쓰도록 유도해 달라고 요청했다. 수현은 수강생의 글을 하나로 모아서 문집으로 묶겠다고 답했다.

수현은 비장해지기로 마음먹었다. 수강생을 향해 이전과는 다른 방식이 될 거라고 말했다. 강의 개설 취지를 다시 설명하고, 강의 목표를 새롭게 알렸으며, '글과 거리가 먼 삶을 살던 내가 소설가가 됐으니 여러분도 쓸 수 있다, 한 번쯤 써 보겠다, 마음먹었던 바를 이제는 실현해 보자' 외치며, 상반기 안에 에세이 공모전에 도전할 수 있다는 청사진도 제시했다. 수현이 하고 싶었던 말은 사실 한 문장이었다. 백수 되긴 싫으니 꼭 참여해 주세요.

설명이 끝나고 자기소개를 하자고 말을 꺼내는데 누군가 몸을 낮춰 강의실로 들어왔다. 은주였다. 화장기 없는 얼굴에 새치 난 머리를 하나로 묶고 작은 키에 어울리지 않는 큰 배낭을 메고 있었다.

은주가 들어와 첫 줄 맨 앞에 앉자 옆줄의 은정이 미간을 찌푸렸다. 은주가 무거워 보이는 책가방을 책상에 내리는 동안 은정은 은주의 책상에 올려놓은 자신의 핸드백을 들었다. 핸드백을 은주 옆자리 의자로 내려 두더니 그 의자를 자신의 몸쪽으로 끌어당겼다. 은주는 자신의 가방에서 꺼낸 노트를 펼치고 볼펜을 꺼내며 은정 편으로 멀어지는 의자를 무심히 쳐다봤다. 은정은 은주의 시선을 의식했는지 고개를 빳빳이 들고 앞만 바라봤다. 의자가 멈추자 은주는 고개를 들어 은정의 얼굴을 잠깐 쳐다봤다. 여전히 무표정했다. 그리고 고개를 돌려 자신의 의자를 당겨 앉았다. 수현은 기분이 묘했다. 의자를 당겨 앉으며 고개 숙인 은주가 피식, 웃었기 때문이다. 창에서 들어오는 바람에 한기가 느껴져 수현의 팔뚝에 소름이 돋았다.

*

첫날 분위기로 보면 폐강될 것 같았던 수필 쓰기는 예상 밖의 높은 출석률을 기록했다. 과제를 제출한 사람은 출석자의 절반 정도였지만 제출하지 않은 사람들은 제출자의 글을 정성껏 읽고 감상을 남겼다. 지금껏 수현이 맡았던 글쓰기 강좌 중에 가장 성실한 참가자들이었다. 오랜 독서회 활동을 통해 글에 대한 애정을 키운 일이 한몫했겠지만, 독서회 회원 여덟 명을 제외한 첫 참가자들이 글을 쓰겠다고 마음먹고 온 거라 가능했는지도 모른다.

수현은 일자리를 잃지 않으려고 열심히 노력했다. 처음에는 아주 사소한 일이지만 내 감정을 건드린 사건, 육아의 고충, 추억의 음식 등 공감 가능한 일상의 일을 500자의 짧은 글로 쓰도록 유도했다. 충분한 칭찬과 공감의 반응이 뒤따랐다. 누군가는 울었고 누군가는 웃었다. 그러자 심드렁하게 앉아만 있던 독서회 회원들도 하나둘 펜을 들기 시작했다. 독서회의 은주, 은정, 영심은 글은 잘 쓰지 않았지만 성실히 출석했고 매시간 일찍 왔다.

프로그램이 절반 회차를 넘어서고 오월이 되자 고

정 인원은 열 명이 됐다. 담당자가 하반기 수필 쓰기와 여름 방학 특강도 맡아 달라 했으므로 수현은 그제야 안심이 됐다. M구 도서관에 신설됐다는 노트북 코너를 본 수현은 스터디카페 이용 요금을 아버지에게 보냈다. 집에서 아침 겸 점심을 먹고 도서관에 가서 글을 썼다. 도서관으로 가는 마을버스는 한낮에도 북적였지만, 수현은 허공에 매달려 흔들리는 일에 곧 익숙해졌다. 도서관에 도착한 수현은 자판기 커피를 뽑아 들고 도서관 뒷산이 보이는 벤치에 앉아 봄의 초록이 바람에 흔들리는 것을 오래 바라봤다. 그러다 보면 수필 쓰기 참가자들을 간혹 마주쳤고 그들과 한낮의 온기를 나눠 가졌다.

그곳에서 수현이 가장 많이 마주친 사람은 은주였다. 수업 첫날 자기소개를 할 때 은주는 비혼주의자라고 했다. 그녀는 언제든 떠날 수 있는 사람이 되고 싶어 가방 하나에 자신의 모든 짐을 넣고 다닌다. 여성 전용 고시원에서 자고 최소한의 생활비를 위해 대형 물류 센터에서 주 3일 노동한다. 나머지 시간에는 도보 여행을 하거나 도서관에서 책을 본다. 은주는 자신의 생활과 여행을 기록해 책으로 내고 싶어 도서관의 강좌를 듣고 있노라고, 잘 부탁한다고 인사했다. 수현을 포함해 은주를 처음 본 사람들은 그녀가 대단하다 칭찬하며 손뼉 쳤다.

둘은 개인적으로 약속을 하거나 연락을 나눈 적은 없지만 늘 벤치 앞에서 마주쳤다. 역시 정하지 않았지만, 번갈아 가며 서로의 커피를 샀다. 커피를 마시는 동안 대화는 거의 나누지 않았다. 그저 풍경만 바라봤다. 수현이 숲을 본다면 은주는 주로 하늘을 올려봤다. 바람은 나무를 흔들고 구름을 흐르게 했다. 딱 한 번, 수현과 은주가 많은 말을 나눈 날이 있었다.

작가님, 레오나르도 다빈치가요, 구름을 보고 표면이 존재하지 않는 물체라고 했대요. 그 말은 '있는데, 없다' 그렇게 들리잖아요. 말이 안 되는데 구름을 보면 말이 되니까 근사하더라고요. 작가님, 구름 평균 수명이 얼마나 되는지 아세요?

글쎄요, 이틀? 아니다, 비는 자주 안 오니까… 혹시 구름 수명이 엄청 긴가요? 수현이 고민하며 대답했다.

작가님, 이 커피 마시는 데 십 분 걸리지요? 저 구름은 적운이라고 부르는데요. 딱 십 분 있다가 사라집니다.

은주가 눈앞에 보이는 구름 한 덩이를 가리켰다.

흔히들 말하는 뭉게구름인데, 저는 저 구름만 보면
기분이 참 좋아요. 구름 보기가 제 취미입니다. 이 도서
관이 딴 건 몰라도 구름 명소예요.

수현은 웃었다.

살면서 구름 보기가 취미라고 말하는 사람 첨 만났
어요.

저, 이래 봬도 구름감상협회 회원입니다. 2004년
에 영국에서 만들어진 구름옹호 단체거든요. 우리 협
회 선언문*에 그런 말이 있어요. 우리는 구름이야말로
대자연의 시이며 최고의 평등주의자라 생각한다. 사
람을 가리지 않고 환상적인 모습을 보여 주기 때문이
다. 우리는 파란하늘주의를 만날 때마다 맞서 싸울 것
을 맹세한다….

종알종알, 거짓말인지 참말인지 은주는 꿈에 젖어
있는 표정으로 선언문을 암송했다. 수현은 은주가 가
리킨 구름을 보며 분명 존재하는데도 결국 없는 것이
라면 자신이 쓰고 있는 소설도 마찬가지 아닌가 싶었
다. 아, 그래서 뜬구름 잡는 소리라고 하는 건가? 그렇

다면 나는 뜬구름을 잡고 어디로 가는 것일까. 혹시 쫓기거나 끌려가는 길은 아닐까. 과연 자발적이고 즐겁게 탄 구름인가. 수현은 두서없는 상념에 젖었다가 멍한 표정을 지었다.

은주는 수현이 자신의 말을 듣지 않고 있다는 걸 깨닫고 말을 멈췄다. 보통 말을 멈추면, 딴짓하던 사람들은 자신에게 다시 주의를 돌리는데 수현은 고장 난 로봇처럼 정지된 표정이었다. 은주는 수현 역시 자신처럼 꿈 많은 사람일 거라 여겼다.

은주 님, 구름은 따뜻해진 공기가 상승해서 만들어지잖아요? 입김, 수증기를 떠올리면 모두 허공에서 온도 차이 때문에 만들어지니까 그것들도 구름과 같다고 알고 있거든요. 그렇다면 구름은 비교적 따뜻한 물이 있는 어디든 다 존재하는데요. 그 말은 칠십 퍼센트의 물로 이루어진, 36.5도 체온의 사람도 구름일 수 있다는 걸로 생각되거든요. 그럼, 사람들도 모두 있지만 없는 걸까요?

수현이 갑자기 많은 말을 쏟아내는 바람에 은주는 그 말들을 이해하느라 정신없었다. 그 와중에 은주는 그런 생각을 했다. 수현은 꿈이 많은 사람이 아니라 꿈을 가공 처리 하는 사람이겠다고. 꿈은 꿈, 아닌가.

제가 지금 쓰고 있는 소설이 도망자에 대한 소설이라서 횡설수설했어요. 이해해 주세요.

수현이 은주에게 말하자 은주는 웃으며 다 마신 종이컵을 찌그러뜨렸다.

*

오월은 가정의 달. 행사가 많은 달이다. 도서관 프로그램 전체 출석률은 떨어졌다. 수필 쓰기도 마찬가지였다. 첫 주 수업에 여덟 명만 왔다. 이날 수현은 자신이 좋아하는 공간에 관해 이야기를 나누고 글을 쓰자했는데 도서관 이야기가 나왔다. 도서관을 자주 이용하는 사람들이다 보니 순식간에 수다 꽃이 피었다. 이야기는 꼬리에 꼬리를 물고 이어지다가 M도서관의 리모델링으로 한 달 휴관하는 동안 겪은 고충도 나왔다.

저는 좀, 오래 모임을 운영했거든요. 그래서 여러일을 겪어 봤는데요. 이번에는 독서회 모임 하면서 좀, 고달팠습니다. 솔직히, 여러 사람이 모일수록 상식적인 행동을 해야 하는 건, 애들도 아는 사실이거든요.

독서회 회장 은정이 인상을 썼다.

무슨 일이 있었나요?

수현이 질문하자 은정은 주변 눈치를 보며 말을 아꼈다. 말을 멈추자 사람들은 말해 보라며 부추겼다.

아니, 여기 없는 사람이니까 얘기해도 되겠네.

영심이 대신 말을 시작했다.

휴관하는 동안 격주로 열리는 독서회 모임을 카페에서 가졌다. 첫 모임은 회원들끼리 모였는데 두 번째 모임은 독서회 멘토인 K 시인을 모셨다. 카페에서 선생님을 모셨으니 차와 조각 케이크, 빵 등을 사서 테이블에 놓고 대화를 가졌다.

그런데 한 명이요, 회원 모임 할 땐 안 오고 선생님 모신 날만 왔더라고요. 모임 끝나고 다과비 만 원씩 각출하겠다고 했는데 그 한 명이 돈 내란 얘기 못 들었다고, 자긴 아메리카노 한 잔 마시고 빵도 거의 안 먹었는데 왜 만 원씩이나 내야 하냐고, 당신들은 왜 비싼 거 사와서 우리한테 돈을 내라 마라 하냐고, 화를 낸 거예요. 그런데 그걸 또 선생님이 보셨네. 선생님이 화를 내시면서 본인이 카페 비용을 전부 냈어요. 그리고 그 사람한테 그러시는 거예요. 다 같이 공부하는 사람들을 몰염치한 사람으로 만들면 마음이 편해요? 그런데 선생님한테 은주 씨가 대드는 거야. 선생님, 저는 같이하는 사람들이 싫은 게 아니라 과정이 부당해서 그런 겁니다. 와… 우리가 돈 떼먹는 사람도 아니고… 그때 등골이 서늘한 거예요. 그 기분 뭔지 알겠죠?

무의식중에 나왔겠지만, 영심의 이야기 속에 문제의 인물 이름은 '은주'였다. 하지만 아무도 그 부분에 대해 지적하거나 반문하지 않았다. 수현 혼자만 놀랐다. 강의 첫날 은주가 자기소개를 마쳤을 때 독서회 회원들이 시큰둥한 이유를, 은정이 노골적으로 은주에게 싫은 티를 낸 이유를, 수현은 그제야 이해했다.

그렇다고 뭐, 책이나 제대로 읽어 오는 것도 아니거든요? 매번 도서관에 책이 대출 중이라 못 읽었다고 변명만 하고, 책 사 볼 돈도 없는데 여행은 한 번이나 가 봤겠어요? 다 거짓말이지….

영심이 투덜거렸다. 은주가 결석한 날이라 그런지 분위기는 성토장으로 바뀌려 하고 있었다. 수현은 서둘러 화제를 돌려 분위기를 끊었다.

여러분, 제 등단작이 도서관을 배경으로 합니다. 제가 대학 다닐 때 도서관 다닌 경험을 소설에 넣었거든요. 마음에 둔 곳이니 구체적으로 자세하게 적을 수 있었습니다. 이렇게 공간에 대한 경험이나 생각을 글로 써 보도록 하겠습니다. 십 분 쉬겠습니다.

쉬는 시간 동안 수현은 은주를 떠올렸다. 수업 시간에 은주는 자신이 알고 있는 지식과 상상했던 일들을 자주 말하곤 했다. 하지만 실제 글을 써서 제출한 적은 한 번도 없었다. 구름감상협회 이야기를 나눴던 날에도 그 취미를 글로 써 보라고 수현이 권하자 은주는 '그러잖아도 지금까지 찍어 둔 구름 사진들로 조금씩 쓰고 있어요. 책 하나 나오려면 아직 양이 부족해요.'라고 말했다. 모든 소재에 대한 은주의 이야기는 책으로 꼭 쓰려고 생각 중이다, 혹은 쓰고 있다, 그렇게 끝났다. 수현은 부분만이라도 보여 달라고 했지만, 은주는 짧은 글 하나 가져오지 않았다.

수현은 은주의 웃음을 처음 본 날과 은주와 구름에 관해 이야기 나눈 날을 떠올렸다. 자신이 쓴 첫 소설의 인물들이 짓는 표정과 은주의 웃음은 어딘가 닮았다는 생각이 들었다.

*

수현의 중학교 수학여행은 수련회로 대체됐다. 경주에서 만난 교관은 한 반당 두 줄씩 나란히 선 열 개의 반 학생들에게 어깨동무를 시켰다. 수현은 잘 모르는 옆 반 아이와 살을 맞대고 어깨동무하는 일이 어려웠다. 쭈뼛거리고 있는데 곳곳에 서 있던 교관들이 날카로운 목소리로 '똑바로 하라'고 소리 질렀다. 그러자 옆 반 아이가 수현을 당겨 어깨에 팔을 둘렀다. 교관은 아이들에게 왼쪽으로— 오른쪽으로— 빨리 움직이라며 다그쳤다. 스무 명이 하나로 엮인 약 스물다섯 개의 긴 줄이 우왕좌왕 움직였다. 단상에 서 있던 교관이 '자세 그대로 앉았다 일어나기 십 회 실시'를 외쳤다. 줄이 위아래로 구불구불 움직였다. 교관은 아이들에게 박자가 딱딱 맞아떨어지지 않는다며 화를 냈다. 십 회 실시는 반복됐다. 처음에는 구렁이가 담을 넘듯 재빠르게 움직였지만 수십 명의 팔 무게를 어깨에 걸친 아이들은 각자의 체력과 키 차이 때문에 금세 지쳤고 줄은 자주 끊어졌다.

체육관은 점점 아이들의 열기로 뜨거워졌다. 키가 작은 수현은 옆 아이들이 일어설 때마다 덜렁 몸이 들리는 기분으로 일어섰고, 수십 명의 무게가 자신의 어깨에 모두 쏟아지는 것을 느끼며 주저앉았다. 상승과 하강을 반복하며 '실시'한 자세가 백 회를 넘어설 무렵, 수현을 당겨서 어깨동무하던 아이가 움직이지 않았다. 왜 일어나지 않나, 짜증을 내려고 옆을 보니 애가 팔만 걸친 채 축 처졌다. 그 모습을 본 수현은 여기요, 하고 외쳤지만 아무도 봐 주지 않았다. 그 와중에도 줄은 앉았다 일어섰다 하는 중이라 수현의 몸이 위아래로 들썩였다. 수현은 줄을 끊고 울기 시작했다. 그제야 교관이 그 아이를 둘러업고 화장실로 뛰었다.

수현은 저녁 급식을 먹으려고 줄을 섰다가 쓰러진 아이를 다시 만났다. 아이는 화장실에서 교관이 머리에 냉수를 붓는 바람에 머리가 다 젖었다며 웃었다. 수현은 불행한 얼굴로 웃는 표정을 짓는 지현이 좋았다. 3반 전학생 이수현과 4반 김지현은 친해졌다.

학교로 돌아오고부터 지현은 수현과 함께 하교했다. 지현은 엄마가 다른 지역 종합병원 수간호사라 거의 못 보고 지낸다고 했다. 다행히 한동네에 있는 큰집에서 자신을 돌봐 준다고 했다. 지현의 큰집 사촌 오빠는 남고 학생회장을 맡았다. 수현은 유복하고 드라마에나 나올 법한 스토리를 가진 지현을 부러워했다. 하지만 3학년에 올라가서 만난 같은 반 아이가 지현의 말을 모두 믿지 말라고 했다.

작년, 김지현이 우리 반 반장한테 가서 자신이 쓴 독후감을 읽어 달라고 하더래. 교내 독후감 대회 낼 거라고. 반장이 그거 읽고 김지현 개망신을 줬지. 독후감 모음집에 들어 있는 내용을 글자 하나 안 바꾸고 베꼈다더라. 자기 사촌 오빠 전교회장이라 그러지? 오빠 친한 친구가 엄청 잘생긴 부회장이라고도 그랬지? 야, 사촌 오빠가 부잣집 외동아들이고, 방에 게임방이 딸려 있다는 소릴 듣는데 난 어이가 없더라. 걔 '하이틴 로맨스 체험 수기' 너무 많이 읽잖아. 부작용이야, 그거. 거짓말도 정도껏 해야지. 야, 이수현, 김지현 엄마가 수간호사인 것도 의심해야 해. 요새 드라마 종합병원이 인기 있어서 그렇다니까?

수현은 가만히 생각하다가 그 아이에게 반문했다. 반장은 독후감 모음집에 있는 독후감 내용을 어떻게 알았대?

이후에도 수현은 지현과 함께 하교했다. 고등학교 진학을 달리하면서 멀어졌다가 대학에 가면서 소식이 끊어졌다. 생각해 보니 수현은 지현의 집이 어디 있는지 몰랐다. 지현이 늘 학원에 가야 했기 때문에 같이 놀 생각은 해 보지 않았다. 지현의 집에 가고 싶다고 말할 성격도 못 됐다.

2000년대 초반, 동창 모임이 유행할 때 수현은 지현을 찾기 시작했다. 인터넷 동창 찾기 사이트에 반복해서 글을 남겼는데 김지현은 이미 사고로 죽었다는 댓글이 있었다. 좀 자세히 말해 달라고 했지만, 답은 없었다. 익명 게시판이라 댓글을 남긴 사람이 누군지 알 방법도 없었다.

*

수필 쓰기 참가자는 수현이 개설한 인터넷 카페 게시판에 과제를 완성해서 올렸다. 수현과 참가자는 그 글을 읽고 모여서 합평하고 첨삭했다. 짧은 감상 댓글을 자주 달던 은주는 2주째 말이 없었다. 구름 이야기를 나눈 날이 마지막이었다. 수강생이 좋아하는 공간은 도서관이 압도적으로 많았다. 은정이 제출한 글은 역시 독서회 모임 이야기였는데 휴관 동안 있었던 그

사건이 나왔다.

수현도 도서관에 열심히 다닌 적이 있다. 대학 3학년 여름 방학부터 두 해 동안이었다. 열람실 자리를 잡기 위해 아침 일찍 찾아왔고 시험 기간에는 줄을 섰고 도서관 운영 종료 시각까지 버티다가 밤늦게 나왔다. 해내고 싶은 것이 있어 간절한 마음으로 다녔냐면 그건 아니었다. 이루고자 하는 목표는 없었다. 토익 공부, 취업 준비, 공무원 시험 준비, 학과 공부. 그 어느 것도 하지 않았다. 수현이 도서관에 다닌 이유는 한 가지였다. 도망치기 위해서.

수현은 자신이 무엇을 잘하는지, 무엇이 하고 싶은지, 어떤 사람으로 살고 싶은지 관심 없었다. 하고 싶은 일이 있어 봐야 뭐 하나. 어차피 학교는 휴학해야 하고, 일해서 돈을 벌어 봐야 아버지 빚 갚는 데 쓰일 텐데. 그나마 다행인 것은 무기력한 와중에 집 밖으로 나설 만한 기운은 있었다는 점이다.

아버지는 사람들의 거짓말에 잘 속아 넘어갔다. 엄마와 함께 살던 시절에는 유행에 맞춰 비디오 가게나 노래방을 차려 현금을 꽤 만지기도 했지만, 어느 날 보면 보증을 잘못 서거나 사기를 당해 부부 싸움이 일어났다. 돈을 털리고 빚을 지는 일이 거듭됐다. 수현이 중학교에 입학한 해였다. 아버지는 시내에 나갔다가 길을 묻는 청년에게 친절하게 길을 알려 줬는데 그 청년이 보답이랍시고 자신의 눈에 보이는 것을 설명해 줬다. 사장님, 얼굴에 '화'가 많다는 소리 들어 보셨지요? 이대로 두면 자녀에게 좋지 않은 기운이 전달되니 일단 조상님께 절을 하자고, 청년은 근처의 기도원에 아버지를 데리고 갔다. 지금은 사라지고 없는 극장 건물 꼭대기 층이었다. 길을 묻다가 그런 말이 나오면 의심을 할 법한데 아버지는 젊은 청년의 말에 홀려서 조상님께 절을 하러 따라갔다. 이야, 시내 한가운데 그런 데가 있더라. 집에 돌아온 아버지는 그런 철없는 감탄을 했다. 그 사람들에게 삼십만 원을 내고 해남 어딘가로 가 합동 제사를 지낸다고—원래라면 수백만 원이 깨질 일인데 여러 사람이 모여서 그 정도만 낸 거라며—새벽부터 관광버스를 타고 다녀오던 일요일 저녁, 엄마는 아버지에게 이혼 서류에 도장을 찍으라고 선언했다. 엄마와 헤어진 수현은 아버지의 고향으로 이사를 했고 전학을 갔다.

수현이 대학 3학년이 되던 봄에 아버지는 돈 벌어 온다며 잠시 사라졌다가 거지꼴로 돌아왔다. 재개발을 예상하는 지역의 건물을 사는데 무주택자의 명의가 필요한 땅 부자가 있다고 했다. 아버지가 이름을 빌려주면 그 명의로 건물을 사서 대출을 받고 대출금 일부를 사례금으로 주겠다는 말에 홀린 것이다. 결국 사례비는커녕 인감을 함부로 내줬다가 오백만 원 사기를 당했다. 경찰에 신고했지만, 스스로 인감을 내줘서 뾰족한 방법이 없었다. 집으로 돌아온 아버지는 청소 일을 시작했다.

그해 여름날 저녁, 수현이 아이스크림 판매 아르바이트를 끝내고 녹초가 되어 집에 오니 '고려캐피탈'이라 적힌 봉투에 돈을 갚으라는 독촉장이 들어 있었다. 일금 이천삼백만 원정. 사기는 아직 끝난 게 아니었다. 봉투를 열어 본 수현은 뭐 이렇게 후진 아버지가 다 있냐고 소리를 질렀고 아버지는 소주를 마시다가 이불에 엎어져서 울었다.

속에서 열이 나니 일을 할 수도 가만히 앉아 있을 수도 없었다. 수현은 아르바이트하던 매장 점장에게 전화를 걸어 일을 그만두겠다고 말했다. 해가 뜨면 무작정 집을 나왔다. 이른 시간에 돈 없이 갈 곳은 도서관밖에 없었다. 걸어서 한 시간 거리에 도서관이 있었다. 수현은 오직 도서관에 가기 위해 일어났고, 가파른 오르막을 걸어서 도서관에 갔고, 그곳에서 시간을 보냈다.

열람실 빈자리에 앉아서 멍하니 창밖을 바라보며 시간을 보내다가 문득 화가 끓어오르면 매점에 내려가 자판기에서 종이컵에 담긴 탄산수를 뽑아 마셨다. 그렇게 도서관에 다닌 지 두 달 정도 지나고서야 수현은 마음의 여유를 조금씩 찾았다. 그녀가 지닌 분노의 모서리가 약간 뭉툭해지자 책을 읽기 시작했고, 도서관의 사람들을 눈여겨봤다.

도서관에는 수현처럼 목적 없이 오는 사람이 꽤 많았다. 그중 수현과 거의 매일 마주치는 사람들은 대개 독특했다. 자료실 곳곳에 자신의 자리를 만들어 두고 책을 읽다가 매시간 정각에 일어서서 옆 자료실로 자리를 옮기는 사내가 있었고, 신문 게시판에 서서 모든 신문의 글자를 다 읽고 돌아가는 고무신 신은 할아버지가 있었다. 열람실 빈자리가 있든 없든 상관없이 자신이 정해 놓은 자리만 앉길 고집하는 여성도 있었다. 그 자리가 빌 때까지 뒤에 서 있다가 자리 주인이 불쾌

감을 표하며 다른 자리로 이동하면, 그곳에 앉아 EBS 중등 수학 교재를 온종일 들여다봤다.

사람들의 얼굴에는 의지, 열정, 분노, 체념, 희망, 몽상, 나태, 여유가 다 담겨 있었다. 수현은 매점, 연속간 행물실, 디지털자료실, 옥외휴게실 등을 배회하다가 사람들이 부주의하게 흘리는 표정 같은 것을 주워서 주머니에 넣었다. 그리고 소설책을 읽다가 소설 속 인물의 얼굴에 아까 주웠던 표정을 겹쳐 봤다. 웃기는 이야기는 슬픈 이야기가 되고 진지한 이야기가 허무맹랑해졌다. 수현은 세상의 모든 이야기를 비웃고 싶었다. 그러다가 그곳에서 중학교 동창 지현을 만났다. 걔는 분명 죽었다고 했는데. 죽은 아이가 돌아오다니, 수현은 세상이 자신을 비웃고 있다고 느꼈다.

도서관 휴게실에서 마주친 지현은 컵라면을 먹고 있었다. 수현은 수련회 때 지현이 자신의 팔을 당기던 때처럼 지현의 팔을 살짝 당기고 인사했다. 지현의 옷은 오래 입었는지 보풀이 일어나 있었다. 지현은 고등학교 졸업 후 미국에 이 년 유학하다 적성에 맞지 않아 돌아왔다고 했다. 학교 선생님이 되고 싶어서 요즘 사

범대학교 들어갈 준비를 한다고 했다. 수현은 지현에게 엄마는 아직 병원에 근무하시냐고 물었다. 지현은 무슨 말인지 이해하지 못하겠다는 표정으로 잠시 허공을 멍하니 올려봤다. 그리고 컵라면을 휘저으며 대답했다. 아니, 돌아가셨어. 그렇게 말해 놓고 지현은 피식, 웃었다. 수현이 수집하던 사람들의 표정 중에 그날 만난 지현의 것이 가장 기묘했다.

수현은 지현의 그 기묘한 표정에 관한 소설을 썼다. 인생의 상승과 하강을 반복하는 사람들의 표정은 수현의 첫 소설집 테마가 됐다.

*

오월 마지막 주에 수현은 도서관 담당자의 전화를 받았다.

작가님. 혹시 수필 쓰기 참가자들한테서 스승의 날 선물 받으셨어요?

수현은 참가자 몇 명이 케이크를 선물로 사 왔기에 그 자리에서 다 같이 나눠 먹었다고 대답했다. 담당자는 짧게 한숨을 쉬고 설명했다. 도서관 게시판에 누가 글을 올렸는데, 프로그램 강사들에게 스승의 날 선물할 거니 돈 내라고 일방적으로 요구한 수강생이 있었다는 내용이었다. 이에 몇 사람이 전후 사정에 대해 자세히 설명하는 글과 반박하는 글, 사과하는 글 등이 올라왔다고 했다.

작가님. 게시판 일은 이렇게 끝나긴 했는데요. 하반기 수필 쓰기 계약은 진행에 어려움이 생겼어요. 정말 죄송해요.

문예 프로그램에 잡음이 자꾸 발생해서 도서관에서는 프로그램 진행과 강사 채용에 대해 전면 재계약을 선언했다. 담당자는 성인 문예 프로그램을 줄일 텐데 하반기 강사 모집 공지가 뜨면 그때 응시해 달라고 했다. 수현은 알겠다고 대답했다. 수현의 경험상 문제가 발생한 프로그램의 강사라는 낙인이 남으면 재채용은 가망이 없었다. 게시판에 들어가 글을 확인했다.

삼 년 동안 수업을 들어 온 사람입니다. 이달 들어 일이 바빠 수업을 제대로 듣지 못했습니다. 오랜만에 도서관에 갔더니 흰 봉투 든 사람이 '돈 내셨어요?' 하고 위아래로 저를 훑어보는 겁니다. 스승의 날 선물이 주고 싶으면 주고 싶은 사람끼리 모여서 하면 되지, 왜 분위기를 강압적으로 만듭니까? 당신들이 무슨 조폭입니까? 설령 같이 모아서 선물하기로 했어도 그렇지요. 저한테 미리 연락하거나 설명을 해 줘야 하는 것 아닙니까? 모욕감을 느꼈습니다. 무료 수업 듣는 거 고마우니까 성의를 표시하자는데 그게 무슨 말 같지도 않은 소립니까. 사람 무시하는 겁니까? 저도 세금 내거든요. 이런 식으로 죄인 취급받으면서 수업 들으러 다닐 수 없습니다. 특히 도서관에서 활발히 활동하시는 OO 님. 자기가 뭐 대단한 사람인 것처럼 나대는데요. 자기 아파트 비싸다고 으스대지만, 월세로 근근이 사는 거 내가 다 압니다. 한 번만 더 그렇게 행동하고 다니면 여기에다가 실명 다 까발리겠습니다.

케이크를 먹던 날, 사람들 표정이 어땠더라. 수현은 그날의 일을 떠올려 봤지만 다른 날과 똑같은 하루였다. 수현이 강의실에 들어갔을 때 케이크는 이미 초까지 꽂아서 강사용 책상에 놓여 있었다. 아마 은정이나 영심이 앞장서서 추진하지 않았을까. 수현은 항의 글을 남긴 사람으로 은주를 잠깐 떠올렸는데 이내 아니라고 생각했다. 은주는 오월 들어 한 번도 수업에 오지 않았기 때문이다.

수현은 도서관의 사람들을 한 번씩 떠올리다 인터넷 창을 닫았다. 그리고 집필 중이던 한글파일을 열었다. 쓰던 자리에서 두 줄을 비우고 '도망자의 마을'이라는 소제목을 썼다.

*

도망자의 마을

마을 사람들은 자신의 집을 모른다. 산과 바다, 강과 호수로 둘러싸인 마을에는 도망자들이 살고 있다. 어느 날 그들은 구름에 실려 어딘가로 흘러갔다. 평범한 마을 사람으로 태어났으나 갑작스레 이동하게 된 그들은 자신들이 가는 곳이 어딘지 몰라 두려웠다. 하나씩 둘씩 도망쳐서 마을로 돌아왔다.

사람들은 모두가 눈알을 굴리며 눈치를 본다. 누가 마을 사람인지 누가 도망친 사람인지 구별할 수가 없다.

구름이 또 들이닥칠지 몰라서 사람들은 자신의 집

에 돌아가지 않았다. 그렇게 집으로 가는 길을 잃어버렸고, 곧 집을 잊어버렸다.

도망자들은 매일 아침 눈을 뜨면 일터로 가고 밤이면 숨어들 집을 찾는다.

모르는 이의 빈집에 숨어들어, 모르는 이가 남긴 식료품으로 밥을 지어 먹고, 모르는 이의 칫솔을 쓰고, 모르는 이의 침구를 탈탈 털어 눕는다. 베개에 얼굴을 묻고 누가 그리운지 모르지만, 아무튼 누군가를 그리워하며 눈물을 흘린다. 그러다 잠들어 돌아누울 때 긴장해서 빳빳해진 하루가 겨우 시들었다.

도망자가 잠드는 순간, 누군지 모르는 그이는 익숙한 향을 가지고 있구나, 그것이 그립던 향이라는 것을 한참 뒤에 알아채지만, 늘 잠든 뒤에 알아채므로, 깨어날 땐 아무것도 기억하지 못한다.

도망자의 하루 시작은 없는 것이 있다는 것을 확인하는 일이다. 아침이면 커튼을 살짝 열어 창밖의 없는 사람이 계속 있는지 확인한다. 누군가 나를 감시하는 것은 아닌가, 자신이 자신을 감시하면서 뒤를 계속 지우지만 앞으로는 자꾸 들킬 여지를 흘리면서 집을 나선다.

도망자는 피로한 몸으로 출근 차를 탄다. 아무 데나 내려 누군가가 남긴 빈자리를 찾아 들어가 일한다. 쫓기는 와중에 돈은 벌어야 하니 바쁘게 몸을 사리고 조심스럽게 허리를 숙여 노동한다. 모두가 도망자라서 옆 사람이 누구인지 아무도 알지 못한다.

퇴근 시간이면 모두 다시 도망가기 바쁘다. 가로등에 불이 켜지면 바퀴벌레처럼 흩어져 뒷골목으로 숨는다. 마트에 들러 어젯밤 먹었던 식료품과 어젯밤 썼던 칫솔을 사 들고 집을 찾아 헤맨다. 황급히 뒤를 의식하며 재게 발을 놀리고 오늘 숨어들 집을 찾는다. 남의집살이는 피곤한 일이라는 것을 알면서도 내 집이 어딘지는 까맣게 잊어버리고 노란 불이 켜 있는 집을 지나쳐, 아무도 없는 집 한 군데를 붙든다. 도망자의 마을에 있는 집에는 잠금장치가 없다. 숨어든 사람들은 몸을 사리느라 의심을 피하느라 문을 잠그지 못하고 불안 속에 몸을 구겨 넣는다. 없는 사람이 찾아와 문을 벌컥 열어 버릴까 봐 없는 사람이 있는데도 알아보지 못할까 봐 무서워하면서 문을 열어 둔다.

도망치는 일도 숨는 일도 남의 집을 찾는 일도 다 소용없는데 자신의 집이 어딘지 모르기 때문에 오늘도 도망자는 남의 집 문손잡이를 비튼다. 없는 사람이 안에 있다면 어서 도망가라고 중얼거리면서 눈알을 데룩데룩 굴린다.

도망자의 마을에 있는 문손잡이는 모두 조심스럽게 비틀린다.

*

어버이날을 챙기지 못하고 그냥 지나쳐 버린 수현은 아버지를 찾아가 함께 밥을 먹었다. 아버지는 너랑 나랑 나누자며 헛개수와 석류즙을 수현에게 건넸다. 지금 청소하는 빌딩에 '인공강우 연구소'가 들어왔다고 아버지가 말했다. 수현은 머릿속으로 이 연구소가 사기꾼의 모임이 아닐까, 염려했다.

비가 안 오면 일부러 비 내리게 할 수 있다는데 진짜 그게 가능하냐?

아버지가 물었다. 수현은 질문하는 아버지가 낯설었다. 아버지의 질문이 '의심'을 담고 있어서 더욱 그랬다. 수현은 실제로 그런 일이 있다고 설명했다. 하지만 구름이 어느 정도 있어야 비가 올 수 있는 일이라 가뭄이 오래되면 소용없다고 했다. 비는 내리지 않고 구름이 많이 뭉치기만 하면 폭우 우려가 있어서 구름 씨를 뿌려 조금씩 비를 나눠 내리도록 유도하는 일이 있다고도 말했다.

아, 그래. 구름씨. 그 연구소 사람이 구름씨 얘기를 하더라. 그럼 영 사기꾼들은 아닌가 보네.

나이 육십 넘어서야 의심하는 법을 깨우친 아버지를 보며 수현은 웃었다.

요즘 구름 얘기하는 사람 많네. 어떤 사람이 자긴 구름감상협회 회원이고, 구름 보는 게 일이라 구름추적자래.

뭐, 그런 직업이 다 있냐?

나도 거짓말인 줄 알았는데 진짜 그런 사람들이 있더라고. 세상에 믿어야 할지 믿지 말아야 할지 모르겠는 일들이 너무 많아졌어. …그런데 아버지. 지금까지 사람들한테 사기당할 때, 그 사람들 말이 다 진짜라고 믿어졌어요?

아버지는 가만히 허공을 바라보다 대답했다.

그 사람들 말을 거짓말이라고 생각하고 들으면 거짓말이겠지만, 사람 말을 그렇게 들으면서 시작하면 되겠냐. …내가 듣고 싶은 것만 듣느라 그리된 거 같다.

아버지 앞에는 아직 오지 않은 사기가 얼마나 남았을까. 아버지가 돌아가실 때까지 수현은 아버지를 의심하고, 아버지에게서 도망치고, 아버지를 저주하며 아버지에게 돌아올 것이다. 아버지가 자신에게 진 이 빚을 어떻게 돌려받을지 궁리하면서.

수현은 아버지를 주인공으로 한 소설을 구상했다. 오지랖 넓고 남 얘기가 궁금해서 어쩔 줄 모르는 사람의 직업이 형사인 거다. 모든 범죄자에게 인정을 베푸는 그가 어쩌다 엮인 보이스 피싱 일당과 친해지고 결과적으로 그들을 잡게 되는, 형사만 슬픈, 해피 엔딩 스토리.

*

수필 쓰기 마지막 날이었다. 최종적으로 남은 열 명의 수강생은 글을 모아 제본한 문집을 나눠 가지고 서로의 글을 낭독했다. 은주는 역시 나타나지 않았다. 마치기 전 돌아가면서 글과 관련된 질문이나 소감을 말하기로 했다. 이런저런 덕담이 오고 갔다. 영심 차례가 되었다.

작가님. 그동안 참 감사했습니다. 저는 작가님 작품에 대해 질문하고 싶어요. 우리, 이번 달 독서회 모임 때 작가님 책을 읽었는데요. 그 안에 '거짓말의 표정'이 작가님 경험을 토대로 썼다고 하셨잖아요. 그 소설에 지현이라는 인물이 읽는 내내 기괴하고 무섭더라고요. 혹시 지현이는 실제 있었던 인물인가요? 그러니까, 작가님과 서로 알던 사람이었나요?

수현은 잠시 허공을 응시했다. 수현의 머릿속에 '서로 알던 사람'이라는 단어가 지나가자 곧 쉼표가 그려졌고 쉼표 사이로 'ㅅㄹ'이 들어가는 단어들이 솟았다. 수련, 세련, 서랍, 시린, 소란, 사랑, 시련, 소름…….

영심은 수현의 멍한 표정을 올려보며 사람이 의뭉스럽고 소설은 기괴한 것이 참 마음에 들지 않는다고 생각했다. 요즘 제일 맘에 안 드는 게 수현이었다. 자신이 글을 써 와도 칭찬에 인색한 것이 무시당하는 기분만 들었다. 나를 뭐로 보고.

그때 수현이 영심의 찡그린 표정을 내려보며 대답

했다.

접니다. 소설 속 지현이는 저를 모델로 썼습니다. 제가 거짓말을 엄청나게 잘하거든요.

영심은 예상치 못한 수현의 대답에 당황해서 아무 말도 하지 못했다. 강의실이 잠시 고요해졌다.

지금 제 대답은 참말일까요, 거짓말일까요?

대답을 마친 수현이 모두를 둘러보며 웃었다.

* 본문의 구름감상협회 선언문은 『구름 읽는 책』(개빈 프레터피니, 도요새, 2014)의 11쪽을 참고하였다.

점점 작아지는

귀촌한 지군의 시골집에서 여름휴가를 보내기로 했다.

일과 떨어져서 아무 생각 없이 누워 있으면 모든 근심이 사라질 거다.

지군은 그렇게 말하며 초대했다. 마침 나는 누워만 있으면 세상의 모든 근심이 찾아올 때여서 짐을 쌌다. 그리고 팀장에게 카톡을 넣었다. 신청한 대로 병가, 휴가를 모두 쓰고 오겠다고. 그동안 연락하지 마시라고. 근무 외 시간에 내가 먼저 팀장에게 카톡을 넣은 일은 이때가 처음이자 마지막이었다.

금요일 오후, 지리산 자락을 끼고 있는 마을의 버스 터미널로 마중 나온 지군은 나를 차에 태워 곧장 계곡으로 갔다. 계곡까지 가는 동안 오른편은 이미 계곡이었는데 지군은 멈추지 않고 계속 계곡을 향해 달렸다. 차창으로 비치샌들과 튜브와 선글라스가 나타났다 멀어졌다. 민박 가능, wifi 완비, 튜브 대여 등 알록달록한 간판들이 요란했다. 놀아도 된다는 실감이 났다. 나는 기대에 찬 나머지 대학 시절 유행했던 시트콤 〈거침없이 하이킥〉의 나문희 여사처럼 코에 힘을 넣고 물었다.

여기저기 다 계곡인데, 우리가 찾아가는 데는 을마

나 멋진 계곡일까앙, 어쩌자고 만나는 이 계곡들을 다 지나칠까앙?

지군은 이순재처럼 인상을 쓰고 단호하게 말했다.

아니, 아니야! 쓸데없는 소리!

예전처럼 '아니, 영기 엄마가~'하고 대화를 이어야 하나, 생각하는데 지군이 평소의 표정으로 돌아와 말하기 시작했다.

우리가 가는 곳은 결코 멋지지 않은 계곡. 지금 지나치는 계곡들은 수심이 좋고 유속이 적당해. 그래서 이끼가 없고 바위는 평평하고 그늘도 있고, 놀기 편한 자리. 한마디로 비싼 계곡. 계곡을 끼고 있는 집에서 계곡으로 내려가는 길을 독점하고 평상과 그늘막을 쳐놓고 자릿값을 받거든.

한참 달려 우리가 도착한 계곡은 그늘이 짙어 습했다. 사람이 없어 고요한 그곳은 벌레가, 오직 벌레만이 있었다. 날고 헤엄치고 기는… 자잘한 것이 이곳저곳에서 바글바글했다. 지군은 그 계곡이 비교적 인공적이지 않아 좋다고 했다. 인간의 기운이 전혀 스미지 않은 곳. 이 더운 날씨에 얼굴을 가리고 장시간 고속버스를 타고 온 내게 무슨 개소린가 싶어서, 이 세상 벌레를 몽땅 모아서 계곡물에 담갔나 보군, 개구리 배 속인가, 그런 시시껄렁한 소릴 지껄였다. 그래도 엄청 시원하잖아, 모기도 없어. 지군이 무심히 말했다. 내가 얼마나 큰 결심을 하고 이곳에 왔는데 모기 타령인가. 나는 더욱 깐족거렸다. 아, 모기만 먹지 않는 개구리의 배 속인가. 편식하는 개구리. 그때 산을 타고 내려온 바람이 내 등을 쓸고 지나갔다. 그 서늘한 기운이 축축한 개구리의 혓바닥 같아서 나는 흠칫 놀랐다. 그리고 자꾸만 뒤를 바라봤다. 개구리는 나를 삼킨 건가, 뱉은 건가. 나는 편식의 어느 편에 속하는가. 계곡 너머 숲은 오후 네 시도 되지 않았는데 순식간에 어두워졌다. 여긴 정말 개구리의 배 속인가.

개구리 배 속의 세상에서도 지군은 직장인이었다.

토요일에는 주말근무가 있다는 지군이 출근하는 것을 지켜본 뒤 한숨 자고 일어나 지군이 달걀 입혀 구워 놓은 식빵을 먹었다. 지군의 집 마당 텃밭에는 고추, 상추, 가지, 깻잎, 오이, 열무, 방울토마토 등이 자라고 있었는데, 지군은 그것들을 식재료로 쓰지 않았고 내게 프렌치토스트라 주장하는 빵을 먹였다. 밭의 저것

들은 관상용인가. 그러고 보니 지군은 그마저도 먹지
않고 공복으로 출근했다.

지난밤 저녁식사를 위해 찾아간 토종닭백숙 전문
식당에서도 그랬다. 지군은 닭은 거의 먹지 않고 맥주
만 두 병 마셨다. 지군의 등 뒤로 보이는 오래된 벽지가
내 휴가의 배경색이라니, 마음이 쓸쓸했다. 낮에 본 총
천연색의 요란한 간판들이 그리울 지경이었다. 이럴
거면 휴가 분위기라도 낼 수 있게 자릿값을 내고 계곡
을 바라보며 백숙을 먹었어도 좋았겠다고 말했다. 그
랬더니 지군은 또 단호하게 말했다.

여기 닭이 제대로 먹여 키운 진짜 닭이고, 좋은 것
넣어서 직접 끓인 진짜 백숙이야.

그럼 거기 닭은 가짜 닭이냐?

나는 그렇게 물으면서도 지군이 말하는 '진짜, 가
짜'의 차이가 무엇인지 알 것 같아서 웃었다.

삼계탕에나 겨우 들어갈 법한 작은 닭을 물에 퐁당
퐁당 담아 내놓는데, 돈을 얼마나 받는 줄 아냐? 인간적
으로 그건 심하잖아.

지군은 느릿느릿 말했다.

지군, 아까 계곡에서는 인간적인 것이 싫다며? 그

럼 퐁당퐁당 삼계탕은 인간적이지 않으니 좋은 거네.

지군은 뭐 이런 멍청한 질문을 하냐는 표정으로 내게 말했다.

호양, 계곡은 비인공적, 자연이라 좋다는 뜻이고. 인간적으로 심하다는 것은 지극히, 극단적으로 인간, 이라는 뜻이다. 그건 삼계탕이 아니라 인간이라고.

나는 닭 뼈를 빨다가 입을 벌렸다.

아, 그렇구나. 인간을 먹을 뻔, 하였구나, 내가.

흘흘, 웃으며 지군이 맥주를 한 병 더 시켰다.

자연인 나셨어, 아주. 지군, 그러면서 너는 밥은 안 먹고 왜 맥주만 마시냐? 술도 지극히 인간적이잖아. 인간적으로 좀 심한 것 아니냐? 그리고 그 병술도 어떤 의미에서는 가짜 아니냐? 직접 담근 수제 막걸리 마시지, 왜?

지군은 대꾸하지 않고 가만히 나를 봤다. 나는 태연한 척 국자로 솥을 휘저으며 역시 그런 것이군, 하고 말을 던졌다. 녀석은 아직도 힘든 것이다. 멍청한 놈.

역시 그런 것인가, 하고 지군이 나를 따라 말했다. 그리고 그는 내 왼쪽 뺨을 꼬집었다.

아야!

마비라면서? 그런데 왜 아프지?

마비가 왔다고 해서 통증을 못 느끼는 것은 아냐!

아, 그렇구나. 너를 죽일 뻔, 하였구나, 내가.

지군은 내 말투를 따라 하고선 또 흘흘, 웃었다. 내가 속으로 건넬 말을 고르고 있다는 것을 알아차려서 그랬을 것이다. 많이 먹어라, 어서 나아야지, 그러면서 지군은 내 손의 국자를 뺏어서 솥을 휘저었다.

지군과 나는 대학 시절 같은 과 동기로 만났다. 공교롭게도 우리 둘의 이름은 똑같은 '이지호'였다. 학교 사람들은 우리 둘의 이름을 쓸 때는 합해서 2지호로 쓰고 따로 부를 때는 큰 지호, 작은 지호로 불렀다. 지군은 재수를 해서 나이가 나보다 한 살 많았다. 때문에 큰 지호로 불렸는데 나는 작은 지호라는 말이 몹시도 싫었다. 키는 내가 더 컸기 때문이다. 사람들은 여지호와 남지호, 지군과 지양, 호군과 호양 등 다채로운 별명을 내놨고 어느새 우리 모두의 입에 자리를 잡은 호칭은 지군과 호양이었다. 학년이 같고 듣는 과목이 같고 조별 과제도 함께했던 우리 둘은 늘 붙어 다녔다. 그래서 우리가 사귄다고 아는 사람들이 많았는데 그러지 않왔다. 수업이 있는 날에만 어울렸지, 주말이나 방학에는 따로 볼 일이 거의 없었다. 물론 내가 지군에게 호감을 가진 적은 잠깐 있었으나 그는 누군가의 연인인 상태여서 타이밍이 나빴고 마음은 전달되지 못하고 지지부진하다 어느 날 공중에 사라졌다.

지군은 꽤 안정적인 큰 회사에 들어갔는데, 어느 날 갑자기 지방 발령 신청을 해서 시골로 내려갔다. 결혼하기로 했던 일이 틀어졌을 때 꽤 방황을 했던 모양이다. 한동안 방에서 나오지 않더니, 이번에는 아무 연고도 없는 시골로 간 것이다. 혹시 일이 고되어 그러냐고 물었더니 지군은 '문이 멀어져서'라는 알 수 없는 말만 내뱉었다. 단순한 건지, 복잡한 건지. 지군은 왜 그럴까. 알다가도 모를 사람이다. 나는 학창 시절의 지군과 사회인이 된 지군과 사랑에 빠진 지군과 사랑을 잃은 지군과 한동안 방에서만 살던 지군과 모든 것을 정리하고 낯선 곳에서 살아가는 지군을 생각하며 마을길을 산책했다. 생각은 곧 허공에 흩어졌다.

산책이 끝날 즈음에는 십 분 정도 떨어진 거리에 있는, 지군이 알려 준 코딱지만 한 점방에 들렀다. 그곳에서 쭈쭈바를 사서 입에 물고 돌아왔다. 슬리퍼 속으로 자잘한 돌이 자꾸 들어와 발바닥을 찔렀다. 몇 번이고 멈춰 서서 발에 걸린 슬리퍼를 허공에 대고 털었다. 그 때마다 하늘을 봤다. 미세먼지 없는 날이라 시야가 선명했다. 멀리 보이는 산 위로 구름이 뭉게뭉게 높게 피어올랐다. 점방에 가면서 본 것보다 훨씬 높이 올라가 있었다. 어찌나 기세 좋게 올라가는지 곧 하늘을 뚫고, 지구도 뚫고, 저세상으로 나가겠다고 생각했다. 집에 도착해서는 빈 쭈쭈바 봉지를 입에 물고 마루에 누워 그 구름을 지켜봤다. 입안의 빈 봉지에 바람을 넣었다 뺐다 하면서, 잠깐 졸기도 하면서, 세 시간 동안 기다려도 하늘에 구멍이 뚫리는 일은 일어나지 않았다.

어떻게 세 시간 동안 아무 일도 일어나지 않을 수가 있나. 회사에서는 아무 일이나 곧잘 터져서 사흘쯤 집에 가지 못하는 일이 빈번했는데.

휴가를 오기 전에는 아침마다 상상했다. '출근하는 사람들의 한숨이 깊어서 지구는 곧 땅이 꺼져 멸망이다.' 땅 꺼짐은 큰 싱크홀로 이어지고 이 깊은 구덩이들은 지구 한가운데를 관통하는 구멍이 된다. 그 구멍 속으로 세상 나쁜 것들이 굴러떨어진다. 살인, 방화,

전쟁, 질병, 마약, 종교, 국가, 신념, 믿음, 희망, 대출, 야근… 이것들은 점이 되어 저 멀리 우주로 둥둥 흘러간다.

이 땅 꺼짐의 시작은 회사의 내 책상부터여야 한다. 회사 근처 사우나에서 잠깐 눈을 붙이는 동안 팀장이 전화하겠지. '자네 자리가, 책상이 사라져서 당분간 일할 수가 없겠어. 집으로 돌아가 며칠 쉬고 나와. 뭐? 내가 왜 이렇게 관대하냐고? 하하하. 내 자리도 방금 전에 꺼졌거든. 나도 집으로 갈 거야. 이봐. 나 원래는 그렇게 나쁜 사람 아니야. 자리가 사람을 그렇게 만드는 거야. 자리 탓이야, 자리 탓. 응? 대표님 자리는 진즉에 사라졌지. 그러니 내가 이렇게 신이 났지. …아니, 당신 집이 어디였는지 내게 물어보면 어쩌자는 거야?

이사를 간 것이 작년인지 이틀 전인지, 갔다면 거기가 어딘지, 기억이 안 난다며 하소연하다가 전화를 끊은 나는 영화 〈내 집인 듯 내 집 아닌 내 집 같은 '방' 찾아 삼만 리〉를 찍게 되는데…. 한숨에서 시작된 상상은 내 의지가 아닌, 불가항력의 힘에 의해 회사를 떠나, 대낮에도 죄책감 없이 집으로 돌아가는 이야기로 마무리되었다. 혼자 블록버스터급 로드무비를 찍는 거다.

지구를 관통하는 구멍의 가장자리를 가까스로 비켜나서 겨우 찾아낸 여덟 평짜리 내 원룸. 건물주는 실종 상태라 당분간 이사와 전세 대출 걱정은 없다는 안도감으로 내 침대를 찾아 눕는 결말. …물론 그런 일은 절대로 일어나지 않는다.

구름은 계속해서 높아지고 있었고 매미는 맹렬하게 울고 있었으나 나는 누워 있었다. 아무 일도 일어나지 않다니 이것도 꿈은 아닐까. 가만, 삼십오 년 인생동안 꾸었던 수많은 꿈은 어디로 갔을까. 내가 지어낸 상상의 이야기만 수천 가지인데 그것들은 모두 어디로 갔을까. 이 허공 어딘가에 떠다니고 있을까. 그러다 우연히 나와 부딪히면 꿨던 꿈을 다시 꾸고 했던 상상을 다시 하고 그런 것일까. 엄청난 수의 상상과 꿈이 공기 중에 섞여 있겠네.

그렇다면 지구는 매일 조금씩 커지고 있는 중일지도 모르겠다.

허공에 날아간 사랑과 무수히 많았으나 어디론가 떠나간 꿈과 공기 중에 섞여 있을 상상과 감정의 찌꺼기가 지구 안 어딘가에 있다면 지구는 포화 상태일 테니. 우주처럼 지구도 계속 자라나서 하늘 위가 뚫리거나 땅 아래가 꺼지지 않는지도. 그렇지 않다면 삶이 이렇게 계속될 리가 없지. 이것은 다행인가, 불행인가.

토요일 오후, 퇴근한 지군은 나를 데리고 산채 나물 정식 파는 곳엘 갔다. 관광지에 있는 크고 쾌적한 식당에 갈 만도 한데 역시 좁고 낡은 식당이었다. 날은 푹푹 찌는데 에어컨 없는 가게라며 나는 투덜거렸다. 지군은 입 돌아간 녀석이 왜 자꾸 에어컨을 찾느냐며 잔소리를 늘어놓았다. 꼰대 새끼, 니가 그러니까 친구가 없는 거라고 받아쳤다가 지군이 그건 너도 마찬가지라며 사사건건 쨍알쨍알, 투덜투덜, 그러니 입 돌아간다, 라고 하는 바람에 야 이 개놈아, 소리 질러 버렸다. 지군은 대학 시절에나 듣던 추억의 욕 따위에 이렇게 마음 설렐 줄 몰랐다며 나를 비웃었다. 십오 년 동안 이런 식으로 싸웠으니 지군의 말이 익숙할 법도 한데 얄미웠다. 심지어 지군의 잔소리에 변 팀장의 화내는 목소리가 겹쳐서 들렸고 잠시 접어 뒀던 분노가 올라오고 있었다. 그 화를 삭이려고 잠자코 있는 내게 지군이 눈치를 보며 물었다.

…너 우냐?

아니. 눈이 잘 안 감겨서 그렇다. 눈물도 나오고 간혹 침도 흘린다. 눈곱이 자주 생긴…, 아야! 이 새끼, 또 꼬집네?

아, 마비가 풀렸는지 보려고 했지. 너 인상 쓰니까 어제보다 주름 더 생긴다. 다행이네!

이 쉑…, 내가 아픔은 느낀다고 했지! 했지! 지! 군, 이 지! 군 같은 새끼! 똥! 종이 같은 시키!

나는 '!'를 뱉을 때마다 온 힘을 다해 지군을 때렸다. 지군이 한참 동안 웃다가 얼굴이 빨개진 나를 보며 말했다.

…미안하다, 야. 더운데 시원한 맥주 한잔할래?

으익—. 먹고 싶어도 못 먹는다니까! 계속! 그러네! 왜! 놀리냐! 진짜! 죽고 싶냐!

허공으로 '!'가 찰싹찰싹 소리를 내며 날아갔다.

결국 지군은 술을 마시고 나는 안주 씹듯 인생사 괴로운 일을 털어놨다. 휴가를 오기 직전에 이런 일이 있었다고.

수요일 오후에 회사 인트라넷으로 금요일 휴가를 미리 신청했다. 그것을 확인한 변종희 팀장이 호출했다. 나는 이것은 휴가가 아니라, 사실은 병가에 가까운 것이라고 얘기했다. 온몸이 아프고 위경련이 자꾸 오고 피부에 뭐가 난다고. 지금은 깨끗하지만 밤마다 팔다리에 두드러기가 올라와서 잠을 못 잡니다. 이게 벌써 넉 달째입니다. 나중에 알았지만 과로와 스트레스로 인한 면역력 저하로 오는 특발성 두드러기였다.

팀장이 한숨을 길게 쉬었다. 그리고 조용히 말했다.

이 사무실에 앉아 있는 사람 중에 그렇지 않은 사람 데리고 와 보세요.

나는 속으로 말했다. '똥종이, 당신.'

똥종이, 아니 변종희는 눈을 가늘게 뜨고 말했다. 올해 초 재계약 두 개나 놓치고 나서 다들 얼마나 힘들었냐. 그래서 금요일하고 월요일에 연차, 월차 써서 연휴 만드는 것도 금지되지 않았는가. 하지만 나는 그렇게 융통성 없는 사람은 아니니까 이유 있는 일에 쓰는 휴가를 허락했던 거다.

금요일 휴가를 쓰면, 토욜 일욜 또 놀고 말이야, 더더군다나 당신은 월요일부터 수요일까지 휴가를 가지 않습니까? 일주일을 놀겠다고?

팀장은 반말인지 존댓말인지 모를 것들을 늘어놓

왔고 나는 피곤해졌다. 상반기 결산 때 며칠씩 집에 들어가지 못하고 일을 했다. 그땐 미안한 표정 한 번 짓지 않더니 바쁘지 않은 지금 시기에 군기를 잡는 거다. 그것이 변 팀장 특기였다. 이럴 때 말대꾸를 하면 변 팀장은 유치하게 굴며 날뛴다. 나는 고민했다. 그냥 사과하고 돌아설 것인가, 피곤을 무릅쓰고 말대꾸할 것인가. 하지만 변 팀장은 지난 한 주 내내 휴가로 자리를 비웠다. 치사해지기 싫어서 아무 소리 안 했는데… 팀장의 속을 조금 긁어 놓고 싶었다.

여름휴가는 여름휴가고 금요일에는 병원 가서 검사를 좀 받을 건데요. 오늘 내일은 다음 주까지 해야 할 업무를 마무리 지을 예정이니 문제없을 거고요. 저 지금까지 월차랑 연차랑 못 탄 게 많아서… 대통령도 그거 다 쓰려고 노력하던데요, 팀장님.

나는 웃으며 말했지만 팀장은 인상을 썼다. 휴가를 쓰지 마라 한 것이 아니라 너무 한꺼번에 몰아 쉬는 것이 문제라며, 왜 사람 말을 곡해하냐며, 자기 정말 큰일 낼 사람이라고 내게 말했다. 아까부터 내 귓속에서는 팔딱팔딱, 물 밖에 나온 물고기처럼 맥박이 빠르게 뛰고 있었다. 그러다 팀장의 '큰일 낼 사람'이라는 말에

물고기는 압력밥솥으로 변신했고 귓속은 곧 '푸슉푸
슉—' 하고 증기 빠지는 소리로 가득 찼다. 나는 팀장의
속이 아니라 얼굴을 긁어 놓고 싶었다. 아니, 내 얼굴이
라도 긁고 싶었다. 머릿속에서 껑, 하고 압력밥솥 뚜껑
날아가는 소리가 났다.

제때 못 쉬어서 휴가가 몰린 거잖아요. 사람이 빡세
게 일을 했으면 좀 쉬어야지요. …여기 직원 모두가 저
처럼 몸이 아프면 그게 더 문제적인 일 아닙니까? 진짜
큰일 낼 사람은 우리 회사 팀장급 이상의 사람들이라
고 생각합니다. 싼 값으로 외주 일을 자꾸 받으면서 일
할 사람 더 안 뽑으면 여기 누가 제정신으로, 제 몸뚱이
로 일할 수 있겠습니까? 직원이 자꾸 나가는데 팀장님
은 계속 모른 척했잖아요!

나의 '?'와 '…'와 "!"를 차례로 듣던 지군은 산채 나
물 넣은 밥을 비벼 내게 건넸다.

그래서, 잘렸냐?

밥을 오물거리며 지군에게 말했다.

…아니. 팀장은 자리를 피하고 나는 겁나 열심히 일
했지. 몇 번 이렇게 뚜껑 열린 적이 있었는데 안 자르더

라. 나도 그만두지 않고. 우리 모두가 그렇게 비겁하게 지내고 있다. 하지만 우리 회사에는 신입사원이 다 나가고 없다. 나는 십 년 넘게 다녔더니 관두기가 애매하거든. 무슨 돌림노래도 아닌 것이 사람이 들어오면 가르치기 바쁘고 사람이 나가면 남은 일 수습하기 바쁘고 이 짓을 반복하다 보면 한 해가 다 가고 없고. 차고 넘치는 것이 경력직 사원인데 다른 회사로 옮긴다 해서 이 근무 환경이 바뀔 리가 없고. 사람답게 살자고 일하는 거 아니냐. 일 잘하자고 쉬는 거 아니냐. 팀장은 그런 상황을 모르고 싶은 거지. 몰라도 살 수 있고 몰라야 살 수 있고. 그러니 말대꾸라도 해서 속을 뒤집어 봐야 나도 숨을 쉬지 않겠냐. 입사하고 십 년 넘게 다닌 곳인데 이런 일이 한두 번이겠냐. 똥종이는 내가 얼마나 얄밉겠냐. 지금도 전화 안 받으니까 약 올라서 미쳐 가고 있을 거야. 그래서 말인데, 이 동네는 집값이 어떻게 되냐?

너 여기 와서 뭐 하려고?

이제부터 생각해 봐야지.

돈은 얼마나 있는데?

글쎄.

넌 못 사. 이 동네 땅 겁나 비싸.

내가 얼마나 가지고 있는지도 모르면서?

몰라도 알지. 우리 둘이서 학자금 대출 누가 더 많이 받나, 배틀 붙지 않았냐. 빚잔치 끝낸 거 얼마 안 됐을 텐데.

…개놈 새끼. 그런 건 잘도 아네. 똑똑한 놈.

알아봐 줘서 고오맙다.

일요일도 토요일과 똑같은 날씨였다. 휴일의 지군은 마당 텃밭을 돌봤고 나는 마루에 누워 하늘을 봤다. 왼쪽 눈에서 계속 눈물이 흘렀다. 세상 쌍, 스러운 마음으로 눈물을 닦았다. 입술을 꼭 다물고 볼에 바람을 넣었다. 힘없이 열린 입술로 바람이 슉슉, 샜다. 내 몸속에 난 구멍 하나도 제대로 조절을 못 하다니. 고장이 나도 단단히 났구나. 망가진 얼굴이 돌아오지 않을까 봐, 걱정이 되기 시작했다.

눈을 감았다. 눈을 감은 채 세상의 모든 문을 상상했다. 누군가—그것이 신이거나 외계인이거나—후우, 하고 입김을 분다. 지구의, 우주의, 모든 문들이 한꺼번에 열리고 그 속에 있던 사람들이 휘파람처럼 새어 나온다. 종이 인형처럼 허공에 나풀거리다 떨어진다. 아주 약한 바람에도 문은 쉽게 열리고 쉽게 닫힌다. 손잡이 따위 없는 문들이다. 아니 문의 어느 쪽이 안쪽인지 모르는 문들이다.

세상 모든 것이 쓰다 보면 망가지고 찌그러지고 무너지고 부서지며, 결국 사라진다. 지구라고 예외일까. 내가 발견하기도 전에 이미 존재했고 내가 죽고 나서는 있거나 말거나 알 바 없으니, 그냥 거기 있는 거 막 쓰다 보면 구조가 바뀌고 미세먼지도 생기고 빙하는 녹고 여기저기 오염이 되고 병도 생기고…. 그러니 지구는 분했을 거다. 어쩌면 태풍이든 지진이든 출렁, 하고 흔들어서 자신과 맞지 않는 것들의 정리를 시도하는지도 모른다. 물론 애먼 것들이 덩달아 망가져서 안타깝지만.

나는 내가 가진 것의 무엇을 집중적으로 막 쓰고 살아왔을까. 내 몸도 회복하고 싶어서 흔들린 것 같은데. 나라는 '소'지구의 귀퉁이가 출렁, 하고 흔들린 것은 언제부터였을까. …회사에 입사하고부터일까. 대학 입학 직후일까. 태어난 일부터가 출렁이는 파도를 만들어낸 원인일지도. 대상포진 후 안면마비. 최근 나의 지구는 안면마비라는 식으로 출렁, 흔들렸다.

팀장과 싸우고 나자 오기가 생겼다. 꼭 금요일 휴가를 챙기리라. 휴가 전에 일을 마무리 지어야 했다. 밤을 새서 정리를 해 놓고 집에 돌아가 쪽잠을 자고 일어난 목요일 아침. 칫솔질 후 입을 헹구려고 물을 머금고 볼을 움직였는데 왼쪽 입술 사이로 물줄기가 푸슝푸슝 나왔다. 잠도 덜 깬 마당에 아직 꿈속을 헤매나 싶어서 헛웃음이 났다. 이건 무슨 꿈인가. 아무리 회사 가기 싫어도 그렇지. 입술을 꽉 다물어도 물줄기는 풋, 풋, 하고 실소하듯 흘러나왔다. 입술을 물총 삼아 거울속의 나를 향해 조준, 발사했다. 물줄기는 거울까지 닿지 못하고 힘없이 아래로 떨어졌다. 앞섶만 젖었다.

세수를 하는데 비눗물이 계속 눈에 들어가서 몹시 따가웠다. 사투를 벌이듯 비눗물을 닦아냈다. 왼쪽 눈이 다 감기지 않았다. 알고 보니 거울 속의 내 얼굴은 절반만 움직였다. 이렇게 저렇게 인상을 쓰는데 얼굴 주름이 오른쪽만 만들어지고 왼쪽 입술은 가늘어져서 움직이지 않았다. 사람도 막 쓰면 이렇게 망가지는구나.

회사로 가는 길. 예상치 못한 문제와 택시비에 마음

이 상해야 하는데 나는 한껏 들떴다. 드디어 팀장에게 내 몸에 문제가 있다는 것을 증명할 수 있어서. 오늘은 병원에 가야 한다고 의기양양하게 반차를 내야지. 금요일은 휴가가 아니라 병가가 될 것이다.

　기온이 계속 올랐다. 모든 사물이 태양에 대항하듯 쨍한 색을 발산하는 낮 동안 지군은 쉬지 않고 밭을 가꾸었다. 물을 뿌리고 잡초를 뽑고 지지대를 다시 세우고 익은 것을 땄다. 잘 먹지도 않으면서 왜 그렇게 열심히 키우냐고 지군을 향해 물었다. 집주인에게서 싼 값에 집을 빌리는 조건이 집을 가꾸는 일이라고 했다. 텃밭 채소는 부모님과 이웃에게 나눠 준다고 했다. 우리 엄마가 나 시골로 간다고 했을 때는 세상 무너진 듯 굴더니 여기서 나온 채소 받으면 엄청 좋아한다. 너도 좀 가져가. 그렇게 말하는 지군의 등이 땀에 다 젖어 있었다. 뭘 저렇게 열심히 할까. 지는 먹지도 않으면서. 밀짚모자를 쓰고 지군의 밭에 다가갔다.

　짜리허리노린재의 알을 보았다. 고춧잎 뒷면에 빨간 좁쌀 같은 것이 일정한 간격을 두고 둥근 무늬를 만들며 들어차 있었다. 잎을 따서 햇볕 아래 두니 알들은 붉은빛인지 노란빛인지 모를 동판의 색으로 반짝거렸다. 반짝거리는 것이 아름답다면 아름답다고도 할 수도 있는데 내겐 몹시 징그러웠다. 이대로 부화를 하면 벌레는 식물의 즙액을 빨아 먹고 무럭무럭 자라 알을 낳아 가며 번성하겠지. 그때마다 고춧잎은 시들해져 결국 말라 죽을 것이고. 알 하나가 빛날 때마다 깨알 같은 그 속에 곤충의 일생이, 하나의 세계가 들어 있다는 것이 새삼 떠올라 징그러웠다. 그곳에서 지내는 동안 노린재가 낳은 알이 붙은 잎만 찾아다니며 땄다. 그게 뭐라고 열중했다. 땅에 납작 엎드려서 아래에서 위로 올려다보면 초록 잎들 사이에서 도돌도돌 올라온 알들이 숨은 그림처럼 보였다. 머리 고무줄을 담았던 작은 통을 비우고 그곳에 고춧잎을, 아니 알들을 모았다. 밤이면 그 통을 열어 보았다. 잎은 말라 가고 알은 빛을 잃어 까맣게 변했다. 작지만 엄연한 하나의 세계를, 누군가의 일생을, 모으고 파괴했다. 자그마치 사흘 동안.

떠올려 보면 금, 토, 일, 월, 화, 닷새 동안 한 일이 거의 없었다. 유명 관광지나 맛집을 찾는 일 없이 시시한 식당과 시시한 동네와 시시한 텃밭을 둘러보며 걸었다. 나머지 시간에는 마루에 누워 몇 시간씩 하늘을 보거나 낮잠을 잤고 텃밭의 노린재알을 찾아다녔다. 전기 조명으로 변함없는 조도를 제공하고 에어컨으로 일정 온도와 습도를 유지하던 쾌적한 사무실과는 정반대의 공간에서 무쓸모의 존재로, 무의미한 일들로, 연신 땀을 훔치며, 시간을 채웠다. 지군은 닷새 내내 맥주를 마셨는데 그래도 내가 잔소리를 한 덕분인지 첫날에 비해 음식 섭취량이 많이 늘었다. 그동안 내 얼굴은 지군의 소박한 식당 소개 덕분인지 눈이 감길 정도까지 돌아왔다.

화요일은 오후부터 비가 내렸다. 일찌감치 저녁을 먹은 우리는 각자 시간을 보냈다. 지군은 누워서 책을 읽었고 나는 마루에 앉아서 처마에서 마당으로 떨어지는 물이 웅덩이 만드는 것을 지켜봤다. 낙숫물이 댓돌도 뚫는다던데 저것이 며칠 동안 떨어지면 지구에 구멍이 날까. 그러다가 문득 오늘은 지군이 어디에서 자려나, 궁금해졌다.

지군의 집은 오래된 한옥집이지만 내부는 욕실과 주방을 넣은 현대식 주거 공간으로 리모델링했다. 협소한 집이라 옷과 잡동사니를 보관하는 작은 방 하나를 빼면 실제 사용 가능한 방은 하나였다. 내가 지군의 집에 도착하자 지군은 내게 그 방을 내줬다. 그러고는 마당의 평상에서 잤다. 첫날 그것이 마음에 걸려서 방이 넓으니 그만 들어와 자라고 사정을 했다. 급기야 내가 숙박업소를 찾아가겠다며 자리에서 일어났는데 지군은 정말 평상이 편해서 혼자 살 때에도 이곳에서 잠을 잤으니, 호들갑 떨지 말고 그냥 자라고 했다. 그러고선 평상에 텐트형 모기장을 올리고 침낭을 가지고 들어가 바로 곯아떨어졌다.

처음에는 몸도 마음도 불편해서 괜히 왔다며 투덜거리고 심통을 부렸는데 지군은 마당 평상에서 능숙하게 잠을 잤고 나도 어느샌가 처마 아래 마루로 나가 자게 되었다. 오히려 방은 비었다.

지군, 오늘은 비가 오는데 어디서 잘 생각이지?

평상.

비 오는데?

비 오니까. 비 올수록 평상.

지군은 읽던 책을 덮고 일어나 벽장문을 열었다. 그곳에서 길쭉하고 묵직한 가방을 하나 꺼냈다. 텐트였다.

방수 텐트를 치면 뭐하나. 텐트 치면서 홀딱 젖었는데.

나의 타박에도 지군은 웃기만 했다. 비 오는 날마다 이렇게 텐트를 치고 자는 것이 최근의 낙이라고 했다.

텐트 안에서 듣는 빗소리는 요란했다. 스테인리스 양푼에 쌀알을 뿌리는 소리처럼 울렸다. 바람이라도 불면 쌀알은 이쪽에서 저쪽 방향으로 떨어졌고, 먼 곳에서 흩어져 떨어지다가 가까운 곳에서 한꺼번에 촤악, 하고 퍼붓기도 했다. 쌀알, 아니 빗방울이 텐트를 두드리는 박자에 텐트 천장에 달아 놓은 랜턴이 흔들렸다. 텐트안의 그림자들도 덩달아 춤을 췄다.

그 춤의 리듬에 맞춰, 지군은 조곤조곤 자신이 왜 시골의 마당 평상에서 자게 되었는지 이야기를 했다. 사방 벽으로 어룽거리는 그림자를 보면서 이야기를 듣다 보니 흡사 그림자극을 관람하는 기분이었다.

일이 고될 때에는 일이 없던 때를 생각하면 그럭저럭 살아지는 날들이다. 내가 아파트 청약 당첨됐다고 술 사던 거 기억나는가. 결혼 생각도 하던 때니까 무리를 했다. 빚을 많이 내서 현관 자리만 진짜 내 집이고 나머지는 은행 집인 곳. 둘이 같이 살다 보면 화장실도 내 집이 되겠지. 베란다가, 작은방이, 안방이, 내 집이 되는 재미가 있겠지. 그런 생각을 했거든. 그런데 결혼이 없던 일이 된 거야. 그래도 집은 내 집이라서 그곳에서 살았는데 집에 들어서는 일이 더 이상 재미가 없더라. 퇴근을 미루거나 밖에서 뻘짓을 하며 집에 들어가는 시간을 늦추며 지냈지.

그해 시월의 마지막 밤, 그날도 이리저리 길을 헤매다가 집에 왔는데 동네가 깜깜한 거라. 그때 긴급 구호 활동이 펼쳐질 정도로 큰 산불이 났는데 내가 사는 아파트 인근 변전소에도 불이 붙어서 정전이 됐거든. 복구가 힘들댔어. 아파트 사람들이 모두 집밖으로 나왔지. 가로등이고 뭐고 다 꺼져서 어두운데 사람들이 휴대폰 플래시를 켜고 있더라. 아파트 단지의 화단과 주차장 곳곳에서 하얀빛이 바글바글하게 모여서 웅성거리는 걸 상상해 봐. 플래시를 끄고 모인 사람들도 폰 대기화면 빛은 켜 놓은 채라, 까만 바탕에 하얀 네모들이 다닥다닥 붙어서 조금씩 흔들리는데 멀미가 나더라. 그곳에 그렇게 많은 사람이 들어가 살고 있었는지 몰랐어. 처음 보는 그 광경에 놀랐다. 어둠이 무서운 건지 사람이 무서운 건지 몰라도 얼른 그곳을 피하고 싶었어. 얼굴도 보이지 않는 사람이 바글바글 모여서 말을 하면 이렇게 징그럽구나, 그런 생각을 하면서 12층 내 집까지 계단을 걸어서 올라갔지. 그리고 기절하듯 잠들었어. 그날 새벽인가, 자다가 목이 말라 눈을 떴다. 아직 세상이 캄캄해. 몇 시쯤 되었나 보려고 폰을 들었는데 폰이 꺼져 있었다. 습관적으로 자기 전에 충전 잭을 꽂아 놨는데 충전이 안 됐더라고. 정전이 아직 해결되지 않았던가 봐. 그제야 알게 되었다. 집에 시계가 없다는 것을. 손목시계, 벽시계, 알람 시계 어느 것 하나 없었어. 이해가 되냐. 내가 집에 시계 하나 사 두지 않고 살았다. 그렇게 살아도 살아졌으니까. 컴퓨터나 텔레비전으로 시간을 볼 수 있었으니 불편하지 않았던 거지. 노트북이 생각났어. 노트북은 배터리가 아직 남았을 테니까. 거실 테이블까지 더듬거리며 가는데 와… 그 길이 엄청 멀더라. 노트북을 켜니 시간은 새벽 세 시 십오 분. 그것을 들고 먼 길을 다시 걸어서 침대로 왔어. 산불 관련 기사 검색을 하려고 했는데 인터넷이 안 되니까 뉴스도 볼 수 없었어. 사실 계속 잤다면 모를 일이었는데, 특별한 일은 일어나지 않았는데, 눈 뜨고 있다는 이유 하나로, 이상하게 절망적이더라. 자고 일어나면 모두 다 괜찮아지겠지, 그런 생각으로 침대에 누웠어. 하지만 잠이 안와.

캄캄한 곳에서 창문이나 문을 본 적이 있냐? 그것을 한참 응시하면 네모난 형태가 눈에 들어온다. 그것이 지닌 색도 어렴풋이 느껴져. 하지만 그것의 모양이 점점 멀어지면서 팟, 하고 눈앞에서 사라져. 다시 깜깜해지지. 그것을 다시 한참 응시해. 그러면 네모난 형태가 눈에 들어온다. 그것이 지닌 흰색을 어렴풋이 느끼지만 그것의 모양은 점점 멀어지면서 팟, 하고 사라져. 곧 깜깜한 세계야. 잠은 오지 않고 문은 계속 멀어진다. 문이 멀어지면 방은 커지고 침대도 커지고 어둠은 짙어지지만 나는 작아져. 팟, 하고 사라지는 것이 무서워서 문을 바라보면 아까 본 하얀 네모들, 휴대폰 불빛들이 떠올라. 바글바글하게 모여서 웅성대던 얼굴 없는 사람, 아니 흰 네모들. 결국 문이 간절하고 무서워져. 내 집인데 내 집이 아닌 것처럼, 문인데 문이 아니게 되고, 사람인데 사람이 아니게 된 네모들. 그것들이 지긋지긋해져.

밤새 문을 바라보다가 악몽을 꾸다가 문을 바라보다가 아침을 맞았다. 결혼식 파투 났을 때에는 일주일간 그 집에서 꼼짝 않고 지냈는데 하룻밤 만에 지옥 구덩이로 바뀐 거야. 나는 그 집을 나와 다시는 돌아가지 않았다. 그 뒤로 문 너머가 보이지 않으면 잠이 잘 오지 않아.

그래서 사람 수가 적은 이곳에 왔고 문이 없는 곳에서 잔다. 겨울에는 방에 들어가 자지만 문은 늘 한 뼘 이상 열어 두고 자거든. 전기가 모두 나간 그 아파트에서 살던 것보다 훨씬 편하다, 맘이.

날이 갠 수요일 아침에는 모든 것이 깨끗했다. 하늘빛이 선명하고 비를 맞은 들판의 풀 냄새가 짙게 풍겼다. 마당 곳곳에 생긴 물웅덩이에는 바람이 지나가는지 잔물결이 새겨지고 바람마저 선선했다. 꼭 가을이 온 것 같았다.

지군이 출근 준비를 하는 동안 지군의 밭에서 고추, 오이, 가지, 열무 등을 뽑아 왔다. 그것들로 반찬을 만들어 지군의 집에서 처음으로 밥상을 차렸다. 지군이 놀라는 표정을 짓자 나는 '여름 캠프 해단식'이라며 지군을 밥상 앞에 앉혔다. 간이 덜 돼 심심한 음식들을 양푼에 넣고 비비며 지군에게 말했다.

나, 오늘 간다.

그래. 또 내려와라.

다행히 지군은 자기 몫의 밥을 다 먹어 주었다.

여름의 끝자락이라 그런지 버스터미널은 한산했다. 버스에 오르자마자 첫 줄에 앉아서 내일 출근하면 무엇을 해야 할지 생각하기 시작했다. 팀장에게는 무엇을 말해야 할까. 지구가 출렁이기 전에 잘하자고 말하면 알아들을까.

곧 버스가 출발했고 고속도로에 진입하자 버스 옆을 지나치는 하얀 자동차가 보였다. 자동차는 엄청난 속도로 버스를 앞질러 나갔다. 자동차의 크기는 점점 작아지더니 멀리 길의 끝에 매달리듯 서 있었다. 분명 달리고 있을 테지만 버스와의 간격이 그대로라 멈춰 있는 것처럼 보였다. 창문을 통해 들어오는 자외선 때문인지 회복되지 않은 눈에서 눈물이 났다. 그래도 눈을 부릅뜨고 버스가 향하는 도로의 끝에 반짝이는 하얀 자동차를 응시했다.

멀어질 듯 멀어지지 않는 자동차는 계속 같은 크기

였다. 이 세계의 소실점이 저 하얀 자동차를 향하는데 자동차가 사라지지 않으니 고속도로의 길이가 점점 늘어나는 기분이었다. 혹시, 지구가 커지면서 길도 늘어나고 있는 것일까. 길이 늘어나면 이 버스는 내가 가려고 하는 곳에 당도하는 것일까. 지구는 커지고 길은 늘어나고 버스는 작아지고 나는 더욱 작아지고…. 나의 상상 속에서는 점점 작아지는 것들이 많이 생겼다.

눈물은 흘렀고 길은 멀어졌으며 하얀 자동차는 계속 같은 크기였다. 반짝이는 하얀 점이 잔상으로 남았는데 그 개수는 점점 많아져서 눈을 깜박일 때마다 눈앞에 바글바글했다. 반짝이는 것이 아름답다면 아름답다고도 할 수 있지만 징그러웠다.

그렇다고 해서 눈을 감을 수는 없었다.

뽑기의 달인

고경선의 집으로 향하던 이수안은 자꾸 신호에 걸렸다. 삼월의 토요일이었고, 하늘은 청명했으며 20도 안팎을 오르내리는 기온이라 나들이객이 많았다. 일찍 핀 벚꽃을 보러 시 외곽이나 산으로 갈 법한데 다들 번화가로 나오는지 도로와 거리가 복작거렸다. 교차로 신호가 꽤 길어지고 있었다. 수안은 차에 거치한 휴대폰의 통화 버튼을 눌렀다. 양옥자는 여전히 전화를 받지 않았다. 통화 종료 버튼을 누르자마자 카톡으로 새 메시지 알림이 떴다.

'야 엄마 전화기에 니 이름 뜨니까 소파에 던져 버림. ㅎㅎ 울 엄마 귀엽네.'

수안의 언니 이수현은 눈치가 없었다. 엊저녁에도 사태의 심각성을 모르고 다짜고짜 수안에게 전화해서 미리 연락도 안 주고 엄마를 혼자 보내면 어쩌냐고 화부터 냈다. 수안은 남은 분노를 수현에게 쏟아내고 싶었다. 하지만 이후의 일이 뻔했다. 수현은 추궁하듯 옥자를 닦달할 것이고, 있었던 일을 다 알고 나면 옥자에게 '엄마가 애냐'고 가르치려 들겠지. 수안은 동창 모임이 급하게 잡혀서 그렇다며 대충 둘러댔다. 수현은 자신의 엄마가 화난 이유를 둘째 딸이 '또 싸가지 없이'

말을 안 들어서 그렇다고 알고 있을 것이다.

'엄마 들깨칼국수 잡숫고 싶대서 같이 나갈 예정. 이 언니가 잘 챙길 테니 걱정하지 말고 오랜만에 친구랑 잘 노셩.'

한 달에 고작 두어 번 옥자랑 시간을 보내는 주제에 생색내는 태도가 얄미웠지만, 심지어 옥자가 좋아하는 그 칼국숫집은 간이 세서 말리고 싶지만, 수안은 카톡창에 'ㅇㅇ 지금 운전 중. 나중에 전화할게.'라고만 썼다.

보이지 않는 손. 빨간불이 켜진 신호등을 올려보며 수안은 허공의 거대한 손을 생각했다. 애덤 스미스가 말했다는 보이지 않는 손은 상품의 가격을 결정한다지만, 수안의 보이지 않는 손은 수안 인생의 갈림길에 나타나는 정체 모를 힘이었다. 그 손이 수안의 등을 예상치 못한 방향으로 떠밀면 대체로 외로웠다. 남들에게도 그 손이 나타나는지는 모르지만 수안은 자신에게만큼은 유난히 자주 나타난다고 느꼈다.

빨간색 음료 자판기. 생각해 보면 이번 일은 그 자판기가 시작이었다.

병원 앞 흡연 부스 옆에 설치된 자판기는 두 개였다. 하나는 페트병이나 캔에 든 시원한 음료 전용이고, 또 하나는 종이컵에 든 커피 같은 따뜻한 음료 전용이다. 수안은 두 개의 자판기를 모두 이용했다. 레쓰비와 블랙커피. 처음에는 병원 안의 편의점이나 카페에서 아메리카노를 사 마셨지만 지난 사 년간 병원을 오가며 정착한 곳은 흡연 구역 앞 자판기였다.

매주 월, 수, 금요일은 옥자가 혈액 투석 받는 날이다. 금요일인 어제, 수안은 오전 일찍 병원에 가서 옥자를 투석실에 들여보냈다. 무거운 몸으로 들어간 옥자는 네 시간이 지나면 3kg 가까이 되는 몸무게를 덜고 나올 것이다. 옥자 나름 꼼짝 않고 누워 네 시간의 사투를 벌이는 셈이다. 그동안 수안도 자신만의 개인 일정을 챙겼다. 옥자가 투석액에 피를 씻으며 노폐물과 수분을 빼는 동안 수안 역시 무언가 뺄 시간이 필요했다.

병원 건물을 나와 자판기로 가서 음료를 뽑는 게 수안의 첫 번째 일이었다. 천 원을 넣고 두 번째 줄 첫 번째 버튼을 눌러 레쓰비를 샀다. 여름이거나 겨울이거나 계절을 가리지 않고 늘 그 자리에 서서 단숨에 마셨다. 이뿌리까지 시릴 정도로 차갑고 단것을 삼키고 나면 그제야 정신이 들었다. 밤새 끙끙 앓는 옥자의 소리를 듣다가 기계적으로 일어나 씻고 수업 자료를 챙기고 운전을 하는 과정은 어두운 물속을 걷는 것처럼 앞이 막막하고 속도 먹먹했다. 그 두려움이 고작 칠백 원짜리 음료 하나로 일순 해소됐다.

한번은 인터넷으로 저렴하게 파는 레쓰비를 한 상자 샀다. 냉장고에 두었다가 병원에 가져가서 마셔 봤는데 자판기의 것만큼 개운함이 없었다. 금액이 중요한 게 아니었다. 평소에는 거들떠보지 않던 레쓰비가 병원에 간 날에는 꼭 마시는, 수안에게는 뭐랄까, 오늘을 무사히 넘기게 해 달라고 비는 간절한 마음이 담긴 물이었다. 자판기로 구매하는 일회용 정화수.

레쓰비를 비운 다음에는 흡연 부스에 들어가 담배를 태우고 거스름돈 삼백 원으로 블랙커피를 뽑는다. 커피를 들고 벤치나 차에 앉아 마시며 일정 확인을 하고 여러 잡무를 처리했다. 책을 잠시 읽기도 했다. 그렇게 한 시간을 보내다, 정신과 몸과 시간이 오롯이 수안의 것으로 돌아오면, 오전 수업을 하러 갔다. 수업 마치면 다시 병원으로 와서 옥자를 챙기고 집으로 돌아와 수업 준비를 하고 저녁 강의를 나갔다. 병원에 가지 않는 화, 목, 토요일에도 강의를 나갔는데 어떻게든 옥자와의 생활을 이어 가기 위한 수단이었다. 옥자와 이십사 시간 붙어 있지 않기 위한 수단. 수안은 전공과 경력을 살려 어린이 논술, 미디어 리터러시, 독서회, 성인 글쓰기, 인문학, 출판 편집 실무 등 여러 과목을 운영했고 강사료가 얼마 되었건 불러 주는 곳이 있으면 테트리스 퍼즐 맞추듯 시간표를 짜서 나갔다. 역시, 금액이 중요한 게 아니었다.

그런 수안에게 요즘 금요일은 오전 수업이 없다. 좀더 느긋하게 시간을 보내도 되지만 수안은 늘 그랬듯 빠른 걸음으로 자판기를 향했다. 천 원을 넣고 레쓰비를 누르며 덜커덩, 음료 떨어지는 소리가 날 때까지 고개를 뒤로 젖혀 하늘을 올려봤다. 며칠 동안 미세먼지 때문에 대기가 뿌옇게 흐렸는데 이날은 모처럼 맑고 푸르렀다. 예감이 좋았다. 왠지 옥자와 나들이 기분을 낼 수 있을 것도 같았다. 옥자의 오전 컨디션이 좋았으니 오늘은 시간을 들여 부산 외곽으로 빠져 볼까, 그런 생각도 했다.

몸을 숙여 음료 출입구에 손을 뻗었을 때 수안은 아차, 싶은 생각이 들었다. 함부로 오늘을 낙관했구나. 수안의 손에 얇고 긴 캔이 만져졌다. 쭈그리고 앉아 자판기 플라스틱 문을 열어 속을 꼼꼼히 살펴봤다. 자판기 밖으로 나온 캔은 딱 하나였고 레쓰비가 아니었다. 데미소다였다. 그것도 수안이 싫어하는 오렌지 맛. 인상을 쓰고 자판기 진열대를 살펴보니 데미소다 오렌지 버튼은 두 번째 줄 오른쪽 끝자리에 있었다. 수안이 잘못 누를 만한 위치가 아니었다. 거스름돈 반환 창에 손가락을 넣어 보니 삼백 원이 들어 있었다. 데미소다 오렌지는 천 원이었다.

"고갱이 이상하다. 진짜 이상해."

수안은 부산역에 들러 감미정을 태웠다. 둘은 팬데믹 때문에 이 년 가까이 만나지 않았지만, 어제도 만났던 사이처럼 느꼈다. 일주일에 사나흘은 밤마다 단체 카톡방에서 수다를 떨었으니 가능한 일인지도 모른다. 미정은 차에 타자마자 아픈 어머니는 어쩌고 이렇게 나왔느냐며 수안에게 잔소리를 하더니, 경선의 집이 가까워지자 호기심을 담은 표정을 섞어서 이상하다, 호들갑을 떨었다. 수안은 뭐가 이상하냐고 물었다.

"뜬금없이 뽑기를 하자는 거. 하룻밤 자고 갈 거 아

니면 아예 오지도 말라고 신신당부를 하는 것도 이상하고. 자기 집에 오라는 게 젤 이상하다. 뭐가 있다, 그쟈?"

수안은 좌측 깜빡이를 켜고 신호를 기다리며 경선이 사는 아파트 단지를 올려봤다. 미정의 말대로 그의 집에 초대를 받아 가는 건 처음이었다. 경선은 결혼하고 서울에서만 십오 년 넘게 살다가 반년 전 남편의 회사 발령에 맞춰 부산으로 내려왔다. 이십 대의 이른 나이에 결혼한 경선은 결혼 초반부터 아이가 다섯 살이 될 때까지 시댁 어른과 함께 살았다. 수안과 미정이 서울에서 직장을 다니던 때, 셋이 가끔 만나면 큰마음 먹고 비싼 호텔 방을 잡곤 했다. 자리를 꾸역꾸역 잡아 가던, 서른을 전후한 때라 그런 사치에도 쉽게 마음이 부풀었다.

서른 중반이 넘자 미정이 결혼하면서 대구로 가고 수안은 얼마 후 부산으로 내려갔다. 경선과 미정이 아이를 낳아 키우면서 얼굴 보기는 더욱 쉽지 않았다. 명절이면 각자의 친정이 있는 부산으로 모였지만 오히려 연락을 못 했다. 그때부터 곗돈을 모으고 그 돈으로 매년 1박 2일 짧은 국내 여행을 하는 것으로 모임을 대신했다. 그러니 서로의 집에 갈 일은 거의 없었다. 수안은 아픈 엄마와 사는 집에 친구를 부른 적이 없었다. 미정도 타지에 산다는 이유로 자신의 집에 친구들을 초대한 적 없다. 그래도 그게 애초에 기본값은 아니지 않나. 미정으로서는 경선의 마음에 변화가 생긴 것 같은데 그 이유를 모르니 일단 이상하다고 표현했을 테다. 하지만 수안은 잔소리들은 게 억울해 "맛있는 거 준다고 초대해 주면 고맙지, 나는 항개도 안 이상하다." 말하며 오르막을 달렸다.

경선의 집은 깨끗했다. 큰 평수의 집인데 휑하다 싶을 만큼 가구가 별로 없었다. 한때 서점 진열대를 휩쓸던 '미니멀 라이프'를 접한 뒤부터 경선은 버리고 비우는 일에 집중했다. 미정은 경선의 소품 취향에 감탄하며 인테리어 정보를 질문했다.

수안은 베란다에 서서 바깥을 내다봤다. 베란다 앞은 푸른 바다가 펼쳐져 있었다. 한낮의 빛이 주름진 바다 위에서 춤추듯 반짝였다. 경선의 집은 고층이라 많은 것들이 한눈에 들어왔다. 해안 절벽을 따라 설치된 산책로와 바닷가 주변에 사람이 많이 모여 있었다. 저 멀리, 이 동네 명물이라는 스카이워크가 있었다. 바닥부터 울타리까지 모두 투명한 유리로 만들어 발아래 해안 경관을 감상할 수 있다고 했다. 옥자가 친구 모임에서 스카이워크에 대해 듣고 와서 수안에게 설명한 적이 있다. 유리를 보호하기 위해 덧신을 신는다더라, 등산 스틱으로 그 바닥을 찍으면 큰일 난다더라, 아래를 보면 오금이 저려서 걸음을 떼기 힘든데도 그게 또 안 가면 섭섭할 만치 멋지다더라, 그런 말을 했다. 평소 산보다 바다를 좋아하던 옥자였다. 입덧으로 고생하는 수현과 함께 가지 못하니 수안에게 아쉬움을 표현했다. 수안은 심드렁하게 듣고 있다가 그래, 언제 한번 같이 가 보자, 말만 해 놓고 잊어버렸다. 그게 벌써 여덟 해가 지났다. 옥자가 아직 빌딩 청소를 다닐 만큼 건강하던 때다.

바닷가 주변의 바위에 파도가 칠 때마다 하얀 포말이 사방으로 튀었다. 가까이서 보면 파도의 기세와 소리, 얼굴에 튀는 바닷물 때문에 정신이 없을 테다. 그런 장면을 방음이 잘된 창 너머로 보고 있자니 이 세계에 음소거 버튼을 누른 것 같았다. 수안은 처음으로 그런 집에 사는 경선이 부러워졌다. 수안은 뒤돌아서서 집

안을 다시 봤다. 널찍한 주방과 문턱 없이 높고 큰 방문, 두 개 이상의 욕실이 있는 집. 옥자가 평소 바라던 집이 여기구나, 싶었다. 옥자와 이곳에서 같이 사는 모습을 상상하던 수안은 고개를 가로저었다. 얼른 친구들을 향해 외쳤다.

"배고프다, 밥 먹자!"

이솬과 고갱과 감씨, 아니 이수안과 고경선과 감미정은 고등학교 동창이다. 1학년 수련회에서 같은 조였다. 성향이 다른 셋은 서로 달라서 끌렸는지 수련회 다녀온 후에 함께 밥을 먹고 주말 시내 구경을 같이 했다. 성인이 된 이후에도 한 명이 출동하라는 신호를 보내면 술집이나 밥집에서 갑작스럽게 모이기도 했다. 출동 신호의 절반은 단순히 뭔가 먹고 싶어서 그런 거지만 나머지 절반은 소소한 이슈가 있어서였다. 저렴한 옷, 피부과 시술, 효과 좋은 화장품 등 신박한 아이템 정보 공유부터 시작해 썸남과의 진도 상담, 불성실한 발표 조원 암살 의뢰, 이별 후 노래방 선곡 논의, 알바 가게 사장 행실 성토, 멸종되었다는 다정한 혈육에 관한 토론, 길 가다 당한 어이없는 일에 대한 개탄 등 문제가 발생해 한 사람의 마음이 들고 일어서는 날은 무조건 모였다.

어제 경선이 수안에게 뜬금없이 달고나를 하러 오라고 전화했을 때, 수안이 알겠다고 대답한 것도 그런 이유였다. 오랜만에 고갱 마음이 들고 일어섰구나, 하고 흔쾌히 응했다. 하루 만에 아이 둘을 남편에게 맡기고 부산행 기차를 탄 미정도 그런 생각이었다. 일어선 그 마음을 주저앉히진 못해도 같이 서 있어 주겠다고. 경선은 첫 아이를 교통사고로 잃었다. 아이가 다섯 살 되던 해였다. 아이와 같이 살던 집을 견딜 수 없어 시댁에서 분가했지만 이 년 가까이 방황을 했다. 비움과 정리를 공부하며 조금씩 회복했으나 예전의 호쾌함과 사랑스러움이 사라졌다. 그런데 달고나라니, 수안과 미정 모두 뭔가 기대하게 되는 초대였다.

정작 경선은 별말이 없었다. 건강과 몸매 관리를 이유로 술을 끊었는데 오늘은 맥주를 벌컥벌컥 들이켰다. 태연하게 앉아 쉬림프피자를 먹으며 달고나 이야기만 했다. 넷플릭스에서 방영한 〈오징어 게임〉에 협찬했다는 달고나 가게를 딸과 찾아가 본 얘기, 인터넷으로 주문한 달고나 세트 이야기는 아무리 봐도 본론 같지 않은데 카페에서 판다는 달고나커피 이야기까지 연이어 떠들었다.

경선이 말하는 동안 맥주만 홀짝거리던 수안은 결국 낮술을 이기지 못하고 자판기 이야기를 먼저 꺼내고야 말았다. 데미소다 오렌지를 내뱉은 금요일의 빨간 자판기를.

"옴마야, 천하의 이솬이 자판기 회사에 전화할 생각을 다 하고. 희한하다. 근데 돈을 어떻게 돌려받노?"

"받든 못 받든 전화는 일단 해 봐야지. 잘했다. 그래서, 전화 받더나?"

미정과 경선이 흥분한 얼굴로 질문을 던졌다. 내내 서울 말씨를 쓰던 경선은 술이 한 잔 들어가니 사투리가 나왔다.

"아니, 계속 안 받더라고. 중간에 통화 중이라는 멘트를 들으니까 더 전화하게 되더라. 십오 분 간격으로 세 번 해도 안 받아서 문자를 넣어 놨거든. 레쓰비를 눌렀는데 데미소다가 나와서 난감하다고. 데미소다 들고 사진도 찍어서 보냈다."

그러면서 수안은 폰을 들어 사진을 보여 줬다.

"악! 야, 니, 왜, 얼굴까지 같이 찍은 건데? 뭔데, 이 얼짱 각도는! 하하하학, 은은하게 도른 년."

사진 속 수안은 자판기 앞에서 데미소다 오렌지를 들고 눈을 동그랗게 뜨고 있었다. 친구들이 흥분하고 비난해도 수안은 남 얘기하듯 담담했다.

처음부터 담당자에게 전화를 걸 생각은 없었다. 데미소다 오렌지쯤, 천 원쯤 금세 잊을 수 있었다. 다만 수안은 평소와 같은 금요일이 필요했다. 가지고 있는 현금이 더 없었다. 만 원짜리 한 장이 있지만 나중에 써야 할 돈이니 결국 없는 돈이었다. 요즘 카드 결제 되는 자판기가 많다는데 문제의 자판기는 현금 결제만 가능했다.

일단 병원 안의 현금지급기에서 현금을 찾기로 했다. 넉넉히 십만 원을 찾았다. 건물을 나와 자판기까지 절반쯤 걸어갔을 때 자판기에는 만 원짜리 지폐를 넣을 수 없다는 사실이 떠올랐다. 다시 병원 건물로 돌아가 편의점을 찾았다. 껌 한 통을 사고 거스름돈을 받을 생각이었다. 그랬다가 문득 편의점에도 레쓰비를 판다는 사실이 떠올랐다. 냉장고 앞으로 가서 레쓰비를 찾았다. 자판기 것보다 용량이 큰 레쓰비에는 천 원 가격표가 적혀 있었다. 헝클어진 수안의 머릿속이 더욱 복잡해졌다.

껌을 사고 돌아왔다. 자판기에 천 원을 넣고 호흡을 가다듬어 정확히 두 번째 줄 첫 번째 버튼을 신중하게 눌렀다. 레쓰비 175ml를 한 번에 다 털어 마셨다. 캔의 차가움과 음료의 맛은 여전했다. 하지만 기대했던 개운함은 수안에게 오지 않았다.

노여운 마음이 잔뜩 일어섰다. 수안은 자판기를 둘러보다 구석에 적힌 관리 담당자 이름을 봤다. 김종대. 수안의 오전 리추얼을 김종대 씨가 망쳤다. 사과를 받고 싶었다. 금액이 중요한 게 아니었다. 수안은 담당자에게 전화를 걸었고 문자를 보냈다. 이곳에서 음료를 샀다는 증명을 해야 할 것 같아 셀카도 찍었다. 연락을 기다리는 사이 경선이 수안에게 전화를 걸어 내일 달고나를 하러 오라 했고, 마음이 일어선 수안은 알겠다고 대답했다.

경선은 거실에서 먹던 피자 잔해를 치우지도 않고 식탁으로 친구들을 안내했다. 평소 깔끔한 걸 좋아하는 경선이라 수안과 미정은 정말 치우지 않아도 되냐고 '진짜? 진짜?'를 반복해서 물었지만, 경선은 그저 웃으며 재촉했다. 경선은 6인용 식탁에 미니 버너 세 개와 달고나 세트를 미리 펼쳐 두었다. 설탕, 소다, 국자, 나무젓가락, 누름판과 누름틀, 뽑기용 바늘 등이 줄을 맞춰 누워 있었다.

쪽자. 수안이 어릴 때 살던 동네에서는 달고나를 쪽자라고 불렀다.

"우리는 뽑기라고 불렀는데."

미정이 말하자 경선이 정리했다.

"설탕을 녹여서 달고나 아니, 똥과자를 만드는 행위를 쪽자라고 부르고, 똥과자에 틀을 찍고 그 틀 모양대로 뽑아내는 과정을 뽑기라고 불렀지. 떼어낸 모양에 따라 뽑기의 성공, 실패가 판가름되고."

미정은 뽑기만 해 보고 직접 쪽자를 해 본 적은 없다고 했다. 경선이 "그렇다면 이 언니가 하는 걸 잘 보라"며 국자에 설탕 두 숟가락을 퍼 담았다. 수안과 미정도 경선을 따라 설탕 담은 국자를 불 위에 올렸다. 수안은 어릴 때 오십 원, 백 원 내고 거의 매일 했다며 자신만만했지만, 소다 양 조절을 못 해 계속 실패했다. 미정 역시 설탕을 갈색으로 태워 버렸다.

수안은 이렇게 조건이 까다로운 걸 어릴 때는 왜 그

렇게 잘할 수 있었냐며 신기해했다. 일단 설탕을 타지 않게 녹여야 했는데 불이 세서 그런지 자꾸만 태웠다. 셋은 역시 연탄불이 최고라며 뜬금없는 연탄 예찬도 했다.

설탕을 잘 녹였어도 소다를 적당한 양으로 넣어야 했다. 경선은 나무젓가락으로 두 번 찍어서 넣으라 조언했다. 소다를 적게 넣으면 과자가 제대로 부풀지 않고 누름판에 들러붙어 떨어지지 않았다. 소다를 많이 넣으면 크게 부풀다가 금세 탄내가 났다. 쓴맛이 나서 먹을 수도 없었다. 경선의 조언을 들으며 서너 번의 시도 끝에 겨우 하나를 완성할 수 있었다. 경선은 그동안 모은 온갖 달고나 틀을 내보였다. 네모, 세모, 동그라미, 새, 손, 하트, 별, 사람, 우산, 클로버까지 다양했다. 여러 개 만들어서 가족이나 지인 선물로 주라며 유산지와 포장 비닐도 잔뜩 꺼내는 통에 정갈한 주방은 금세 엉망이 되었다.

나무젓가락으로 설탕을 휘저으며 녹길 기다리는 동안 셋은 점점 말이 없어졌다. 술과 불의 기운 때문에 모두 얼굴이 붉었다. 침묵을 깨고 미정이 말했다.

"뽑기라는 게 참 종류가 많다. 요즘은 인형 뽑기가

유행인 것 같고. 우리 어릴 때 투명 캡슐에 든 거 뽑는 기계 많았잖아. 나 그거 엄청 열심히 했거든. 고무 딱지, 사탕, 얄궂은 액세서리, 그런 게 뭐라고 캡슐째로 책가방에 몰래 모았는데. 이게 많아지니까 가방이 불룩해지고 걸을 때마다 달그락 소리가 난 거야. 결국 엄마한테 걸려서 등짝을 그렇게…."

미정은 까불다가도 삼 년 전 돌아가신 엄마 이야기만 나오면 울었다. 실컷 울고는 '울 엄마가 유쾌하게 살라 그랬다'며 운 걸 후회했다. 이후로 미정이 울면 나머지 친구들이 명랑하게 굴었다. 경선이 미정 대신 쾌활하게 말했다.

"난 종이 인형! 우리 언니랑 그거 계속 사 나르다가 엄마한테 혼났다. 사실 돈 모아서 쥬쥬인형 옷을 사고 싶었는데 언니 꼬드김에 넘어가서 매번 그걸 샀다. 나중에 예쁜 건 언니한테 다 뺏기고. 공주 드레스는 무조건 언니 거. 지가 공주라고 생각한 거지. 야, 드레스 옆에 과일바구니 하나씩 꼭 있었던 거 기억하나? 그거 손잡이 오리다가 잘 끊어 먹었거든. 그때마다 우리 공주님 극, 대노하셨다."

그 소리에 미정이 울면서 깔깔거렸다. 수안이 진지

한 표정으로 말을 이어받았다.

"부산시 진구 초읍동에 전해지는, 뽑기에 대한 슬픈 이야기가 있다. 그 동네 놀이터 앞에 싸구려 장난감이랑 불량식품 파는 가게가 있었지. 간판이 없어서 놀이터 문방구라고 부르긴 했는데 학용품을 팔진 않았다. 암튼 그 집에 수동식 뽑기 기계 말고, 전자식 뽑기 기계가 있었어. 백 원짜리 동전을 넣고 버튼 누르면 뾰로롱 소리 나다가 종이 딱지를 두 개 '퉤' 하고 뱉는 사각형 기계. 종이를 까서 펼쳐 보면 1등부터 꽝까지 골고루 적혀 있었거든. 속이 보이지 않는 불투명한 기계에 차곡차곡 쌓인 종이가 순서에 맞춰 나오잖아. 그건 정말 운이 따르는 게임이거든. 어린이 세계의 즉석복권 같은 거. 나는 그게 뭐라고 매일 가서 열심히 했다. 1등을 하면 만화책을 줬거든. 일본에서 들여온 만화를 불법 복제한 해적판. 너무나도 보고 싶었는데 사 볼 돈도 없고 엄마한테 만화책 걸리면 죽으니까. 암튼 열심히 해도 노력과는 별개의 일이라 맨날 꽝이야. 그땐 꽝에도 상품이 있던 너그러운 시절이었다? 까만 글씨 적힌, 투명 비닐에 싸인 땅콩 카라멜. 겁나 딱딱한 거. 알제?…야, 고갱, 모르는 척 고개 돌리지 마라. 니, 니 입술

씰룩거리는 거 봤다. 그 입술은 얄쌍하고 딱딱한 그 카라멜 맛을 기억하고 있다!"

"아—악! 아하하하하, 그거 완전 잊고 있었는데, 갑자기 떠올랐어!"

"넌 웃고 있지만 난 그 슬픈 날을 잊을 수가 없다. 2학년 2학기 십일 월 어느 날에 꽝 두 개 걸리고, 분한 마음에 카라멜 두 개를 한꺼번에 씹었거든. 그거 먹으면서 집에 오다가 이빨이 빠졌지. 카라멜에 들러붙어서 이빨이, 어금니 하나가 그대로 뽑혔다? 유치라 곧 빠질 예정이었다만, 흔들리기 시작한 지 얼마 되지 않았을 때라 이빨도 나도 마음의 준비가 안 됐을 때거든. 근데, 와… 갑작스럽게 뽑히니까 피가, 피가, 엄청나게 나오는 거야. 입으로 피를 철철 흘리고, 놀란 마음에 오열하면서 귀가하는데…. 떠올려 봐라. 카라멜에 꽂힌 어금니를 두 손으로 소중히 감싸 쥐고 걸으며 우는 아이를. 그날 엄마한테 얼마나 혼났는지 모른다. 이후로 아이는 저주에 걸린다. 꽝만 걸리는 저주."

말을 하면 할수록 수안은 진지했고, 미정과 경선은 그 진지함 때문에 웃겨서, 뜨거운 국자를 손에 든 채 부들부들 떨었다. 말을 하고 나서야 수안은 뽑기를 열심히 한 이유를 깨달았다. 엄마가 허용하지 않은, 가장 나쁘고 이상한 방식으로 성취감을 느끼고 싶었다는 것을.

소다를 넣어 적당히 부푼 달고나 액체를 누름판으로 누르지 않고 설탕 위에 붓고 설탕으로 덮어 버리면 그대로 굳는다. 그걸 경선은 사탕 만들기라고 불렀다. 수안은 달고나가 담긴 국자째로 식혔다가 딱딱하게 굳었을 때 연탄불에 올려서 가장자리가 말랑해지면 젓가락으로 한 번에 돌려 떼어내 막대사탕을 만들었다고 설명했다.

"달고나 박사 학위 준비 중이세요?"

미정은 친구들을 놀리며 달고나 사탕 하나를 와삭, 하고 씹었다.

"달다!"

그 소리에 고갱과 수안도 하나씩 집어 먹었다.

"아이고, 쓰버라! 이거, 누가 만든 거고? 쓰다!"

수안이 인상을 썼다. 경선이 자신이 만든 건 맛이 쓸 리가 없다며 수안의 혀를 나무랐다.

"우리 동네는 뽑기 성공하면, 이 사탕을 상품으로

받았거든. 고작 이 똥까자 하나 더 먹으려고 그렇게 기를 쓴 거지. 그런데 그게 어쩜 그리 행복했겠노."

"행복… 내가 십 년 가까이, 비우고 정리하고 버리고 관리하고, 그렇게 살았잖아. 다른 사람 사는 집 정리도 해 주고 내가 개발한 정리함도 팔고… 나름 성실히 잘 지냈다고 생각했거든. 근데 하루는 채원이가 학교 다녀오면서 달고나를 만들어 달라는 거야. 오징어 게임 때문이겠지. 아니, 그거 연소자 관람 불가 아니냐? 그걸 왜 애들이 잘 아는 거냐? 암튼 집에 만들 도구도 없고, 설탕 가루 날리고 지저분해질 거 생각하니까 엄두가 안 나더라고. 그래서 달고나 파는 집 검색해서 데려갔거든. 채원이가 엄청 좋아하더라? 근데 애가 좋아하는 모습을 보고… 상원이 생각이 난 거야."

경선의 첫 아이, 상원이 다니던 어린이집에서 레트로데이라는 행사를 했다. 매년 가족과 함께 놀 수 있는 자리로 기획하는데 인기가 많은 행사였다. 스프링으로 연결된 목마 수레를 타려고 아이들이 줄을 섰다. 어른들과 아이들이 섞여서 팽이와 딱지를 치고 사방치기도 즐겼다. 한쪽 편에서는 달고나를 만들었는데 원장이 실수로 손가락에 화상을 입었다. 크게 다친 건 아니지만 달고나 제조가 멈췄다. 손재주가 좋은 경선은 원장 대신 앉아서 설탕을 녹였다. 경선이 만든 달고나를 사람들과 같이 나눠 먹는 자리가 아들 상원이 보기엔 좋았을 것이다. 엄마가 멋져 보였는지 상원이는 신이 나서 종일 흥분 상태였다.

"참 즐거웠는데 내가 그날을 잊고 있었더라. 잊지 않겠다고 해 놓고. 내가 뭘 놓쳤나, 새삼 생각하게 되더라고. 나 너무 진지하게 살았나 봐. 그날 당장 달고나 세트를 주문했다. 이걸 만드니까, 야, 요가원에서도 경험 못 한 몰입을 겪었다? 하하하, 신기하게 명상의 효과가 있더라고! …나, 오늘 처음으로 채원이 학원 캠프 보냈거든. 뭔 일이 날까 봐 겁나서 한 번도 보낸 적 없었는데. 어제 기도하는 마음으로 달고나 스무 개 만들어 포장해서 채원이한테 들려 보냈다. 이거라도 안 만들면 내가 무슨 짓을 할 거 같더라니까. 애를 캠프에 안 보내거나, 캠프에 갔어도 오 분에 한 번씩 전화를 걸거나. 애 아빠도 출장 가고 없는데 내일 채원이 올 때까지는 계속 이걸 만들기로 했다. 이제 니네가 한 보따리 들고 가면 된다."

"야, 공장 돌리냐? 친구들까지 이용하네!"

수안이 웃으며 따졌다.

그러자 미정이 심각한 표정으로 말했다.

"그래. 엄마 보낸 지 꽤 되었는데 나도 사는 모양을 바꾸기가 쉽지 않더라고. 내가 가족을 떠나서 혼자 놀아 본 적이 없잖아. 느그 만났다가도 당일치기로 있다가 얼른 대구로 돌아갔고. 이제야 니네랑 하룻밤 자 보겠다고 시도하는데 겁나 좋으면서도 억수로 무섭다? 이런 달달함 뒤에 쓴맛도 있을 거란 말이다… 지금 우리 오빠야, 아마 죽어 가고 있을 거다. 서지수, 서지원, 그거 둘이 내 닮은 거 알제? 감미정 미니미 두 개가 지금 머리를 깨든 그릇을 깨든 분명 뭐 하나 깨도 깼을 거란 말이다. 뭘 깼을지 몰라도 그게 우리 오빠야 마음은 아니었으면 좋겠다."

"왐마야. 가시나, 징그럽구로."

수안과 경선이 오그라든 손을 흔들었다.

미정은 친구들 앞에서 육아에 관한 얘기를 잘 꺼내지 않았다. 아이 둘을 육아하고 친정엄마의 병시중을 들면서도 친구들에게 앓는 소리를 삼갔다. 경선이 채원을 낳고 수안 엄마가 병원 다닌다는 소식이 들리고서야 조금씩 자기 이야기를 꺼냈다. 경선과 수안은 미정의 그런 마음을 알고 있었다.

미정이 아픈 엄마와 아이 둘을 돌보는 동안 주변 사람은 조언을 많이 했다. '내가 살아 보니까…', '내가 해봐서 아는데…'라고 시작하는 말들은 미정의 마음을 들었다 놓곤 했다. 안다고 말하는 그 사람들의 말을 듣다 보면, 그들이 도대체 무엇을 아는지 알 수 없어서, 미정은 화가 났다.

수안 역시 미정 앞에서 아픈 옥자 이야기를 먼저 꺼내지 않았다. 물론 애틋한 마음 때문에 그런 건 아니었다. 미정이 생각하는 엄마와 수안이 생각하는 엄마는 좀 달랐다. 미정의 엄마는 미정에게 잃고 싶지 않은 단맛이었다. 마지막의 마지막까지 맑게 녹여서 한 점도 태우지 않으려 애쓰고 싶은 사람. 반면, 수안에게 옥자는 소다 같은 사람이었다. 기대, 희망 등으로 수안을 부풀려 허공으로 띄우는 사람. 하지만 쓴맛이 나도록 마음을 태워 눌어붙게 만드는 사람. 이렇게 눌어붙은 마음은 딱딱하게 잘 굳혀 놔도 얄팍해서, 옥자의 말이나 태도가 와사삭 깨트려 무너지게 했다.

옥자는 남편 없이 키우는 딸들을 엄히 대했다. 공부든 외모 관리든 잘해야 한다고 매일 볶아쳤다. 수현은 공부, 결혼, 출산까지 엄마의 기대에 맞게 사는 딸이었지만 수안은 맞지 않았다. 옥자는 수안에게 술 담배 하는 게 흠이지만 서울의 출판사에서 일하며 대학원 공부를 하니 어느 정도 괜찮은 신붓감이라고 평가했다. 하지만 수안이 비혼을 선언하고 잘 다니던 회사를 때려치우고 내려와 프리랜서로 살아가는 걸 보며 자주 비난했고 결국 다투었다.

수안은 옥자가 엄마지만 불편했다. 탁월한 선택만 하는 옥자가 뽑은 유일한 꽝이 자기인 것만 같았다. 그래서 어릴 땐 인정받으려 노력했고 성인이 되어서는 흠 잡히지 않으려 애썼다. 수현이 결혼할 때 옥자는 살던 집을 줄여서 돈을 보탰고 아이를 낳았을 때는 병원 소속 약사인 수현을 대신해 육아를 해 줬다. 투석을 받으러 다닐 때가 되어서야 옥자는 모든 일을 쉬었다.

아픈 사람이 혼자 살 수는 없다며 가족과 친지가 등 떠미는 바람에 수안은 옥자와 살기 시작했다. 어린아이 둘을 돌보려고 일까지 그만둔 수현 앞에서 수안이 내밀 수 있는 거절 카드는 없었다. 일에 치여 살다가 평화를 찾아 부산에 내려왔는데 더 큰 전쟁이 기다리고 있었다. 수안은 자신이 결혼하기 전이나, 옥자가 죽기 전까지 따로 살 수 없겠다는 생각이 들면 속이 답답했다. 혼자 사는 모녀가 꼭 함께 살아야 하는 게 기본값은 아니지 않나. 몸이 붓고 피부가 가려워 애를 먹던 옥자는 예민하게 굴었다. 먹고 싶은 걸 제대로 못 먹는 짜증을 수안에게 냈다. 수안은 비난보다 짜증을 듣는 것이 그나마 낫다고 여겼다. 큰일을 겪은 경선과 미정도 감내하며 살아가는 것이 있지 않은가.

다들 뭔가 잃으면서 동시에 잃지 않으려 애쓰고 있었다.

셋은 열 개의 달고나를 포장하고 쉬는 시간을 가졌다. 구석 양푼에는 실패작이 그득 쌓여 있었다. 경선이 그 실패작으로 달고나커피를 만들어 주겠다고 했다. 미정이 남편한테 전화하는 뒷모습을 보던 수안은 수현에게 전화했다. 수현은 옥자와 식사를 한 다음 아파트 산책로를 걸었다고 했다. 지금 방에서 쉬고 있다고 전한 수현이 목소리를 낮춰 물었다.

"야, 엄마가 웬일로 오늘도 여기서 잔다는데? 앞으로 일주일에 이틀 이상은 여기 있겠단다. 엄마랑 싸웠나?"

"…거기가 쾌적하고 재밌겠지. 내일 오후에 내가 모시러 갈게."

전화를 끊고 나서 수안은 수현에게 문자를 넣었다. 매주 토요일 밤 여덟 시 사십 분에 로또 추첨 방송을 보는 게 엄마의 요즘 낙이라고.

일 년 전 어느 금요일, 네 시간의 투석을 마친 옥자가 뜬금없이 로또를 사자고 했다. 옥자는 주택복권, 즉석복권이 유행하던 시절에 재미로도 한 장 사 본 적 없는 사람이었다. 사행성 게임이나 일확천금을 노리고 투자하는 일을 늘 경계했다. 그랬던 옥자가 누워 있는 네 시간 동안 번호를 조합했다며 맞춰 보고 싶다고 했다.

지루한 시간을 견디는 나름의 방법이겠다고 여긴 수안은 근처 복권방엘 찾아갔다. 그곳에서 옥자는 생애 첫 복권을 샀다. 그 복권이 바로 다음 날, 오만 원에 당첨됐다. 그래서였을까. 보통 일요일쯤 되면 옥자의 앓는 소리가 커지는데, 그런 기색 없이 짜증도 내지 않고 잘 참아냈다. 수안은 취미로 로또를 사는 일이 옥자의 투병에 도움이 되겠다고 여겼다. 그래서 매주 금요일은 로또 사는 날이 되었다.

옥자는 네 시간의 투석 시간 동안 로또 번호를 고민했다. 온라인 구매도 가능했지만, 옥자는 고심해서 고른 숫자를 가지고 판매점에 가서 직접 사길 고집했다. 수안은 지난주 부산 경남에서 1등 당첨된 로또 판매점을 검색했다. 옥자가 병원을 나오면 둘은 1등 당첨된 판매점 근처에 있는 다른 로또 판매점을 찾아갔다. 그곳에서 옥자는 만 원어치 로또 번호를 찍었다.

수안의 보이지 않는 손은 수안에게 늘 꽝을 안겼다. 전교생이 똑같이 먹는 급식실에서도 수안의 식판에는 햄이 하나 덜 담기거나 밥 양이 적었다. 그런데 옥자의 보이지 않는 손은 금손인지 신기하게도 옥자가 뽑은 숫자들은 오만 원 당첨을 자주 불렀다. 옥자는 그때마다 활기를 얻었고 수안은 다음 금요일을 기다리며 긴장했다.

어제, 투석을 마치고 나온 옥자가 오늘은 어디로 가느냐고 수안에게 물었다. 동행복권 홈페이지에 나온 1등 배출점에 부산 경남권은 한 군데도 없었다. 이런 날은 옥자가 처음 로또를 샀던 판매점엘 가서 샀다. 옥자가 정성껏 번호를 찍으면 수안은 계산을 했다.

"이번에는 숫자를 잘 골랐다. 될 것 같은데."

차에 올라탄 옥자가 지친 기색 없이 지갑을 열어 복권을 넣었다. 수안은 옥자의 지갑에 이미 든 로또 용지를 봤다. 언제부턴가 옥자의 지갑에는 로또 복권이 여러 장 들어 있었다. 수안이 강의를 나간 동안 혼자 복권방에 가는 모양이었다. 평소에는 무심히 흘려 봤는데 이날따라 이상하게 옥자의 지갑 속에 든 복권이 많아 보였다. 당첨 확률이 높았던 이유는 많이 사서 그랬을지도 모른다는 생각이 들자 수안은 찜찜했다.

"엄마, 로또를 더 샀나? 많은 것 같은데?"

"어, 오다가다 보이면 하나씩 샀다. 많이 안 산다."

"아이고, 그렇게 열심히 해서 1등 걸리면 어디다 쓸라고?"

"내나, 집 사고, 느그 언니 약국 하나 채리 주고, 그래야지."

"나는?"

"어?"

"나는 아무것도 안 해 주나? 섭섭하네. 내가 장소 검색도 해 주고 로또도 사 주는데 난 암것도 없나?"

이렇게 이야기 나눌 때만 해도 수안은 웃었다.

"아니, 내 사는 집이 니 집이지. 느그 언니는 딸린 식구도 있다 아이가. 아이고, 요새 뒷바라지 좀 한다고 유세 떠나?"

둘은 늘 뾰족한 말로 대화를 나누었다. 하지만 유세를 떤다는 표현이 유독 수안의 마음을 뒤흔들었다. 수안은 옥자에게 사과를 요구했다. 로또 사고 싶다고 해서 사 주고 아프다 해서 병원에 같이 오간 일을 고맙다고 해주면 되지, 유세를 떤다고 표현하면 누가 기분 좋겠냐고. 옥자는 웃자고 한 소리에 그렇게 예민하게 굴 일이냐며 의아해했다. 그렇게 정색하고 말하면 로또 사 준 생색 내는 게 아니고 뭐냐고 소리를 높이기도 했다.

기도가 담긴 레쓰비를 마시지 못해서 그랬을까. 수안은 평소 하지 않던 말을 주절주절 꺼냈다. 그동안 유세를 떨었던 사람은 사실 엄마였다고. 키워 줬다는 이유 하나로 남들처럼 안 산다고 온갖 구박을 다 하고, 언니한테는 다 퍼 주면서 자신에게는 비난이나 하고, 병간호도 내가 하고 짜증도 내가 다 받는데 정작 좋은 일이 생기면 안중에 없는 딸한테 유세를 떤다는 말이 할 소리냐고 화를 냈다. 언니가 좋으면 언니랑 살지, 왜 나랑 사냐는 철없는 소리도 했다.

옥자는 욕으로 되받아치면서 은혜를 모른다고 퍼붓다가 말을 멈춰 버렸다. 수안이 그런 말을 한 게 처음이라 옥자도 무척 놀랐을 것이다.

"아냐, 가져가라, 치사하고 더럽다."

옥자는 지갑을 열고 로또 용지를 모두 꺼내 차 바닥에 던져 버렸다. 그러고는 차에서 내렸다.

"돈이 중요한 게 아니라고!"

수안은 옥자를 잡지 않았고 옥자도 뒤돌아보지 않고 택시를 잡아탔다. 옥자가 사라지고 나서야 수안은 유세를 떤 게 맞았다고 인정했다. 엄마를 먼저 낳았다는 두려움과 동시에 후련함이 찾아왔다. 등 뒤로 돌아서서 보이지 않는 손과 자신의 손바닥을 마주쳐 소리 낸 기분이었다.

커피를 다 마신 셋은 각자 먹고 싶은 음식을 말했다. 집에 있는 막걸리와 소주를 떠올리며 닭발과 마라탕, 곱창을 시켰다. 아직 아무 일도 일어나지 않았던 이십 대처럼 미정은 신나 있었다. 셋은 배달 음식이 올 때까지 뽑기 실전용 달고나를 만들었다. 수안이 쉬운 동그라미를 고르려 하자 경선이 반칙이라며 말리는 바람에 새 모양을 골랐다. 미정은 우산, 경선은 별을 골라 찍었다. 각자의 방식으로 뽑기를 시작했다. 미정은 바늘에 침을 발라 가며 콕, 콕, 찔렀고 경선은 바늘로 선을 따라 긁어냈다. 수안은 곡선을 먼저 공략했다. 틀을 깊숙이 눌러서 모양을 따라 자르는 게 어렵지는 않았지만, 모서리가 자꾸 부스러졌다. 주말 밤이라 배달 음식이 늦어지자 셋은 계속 만들어 다시 도전했다. 부스러진 하트, 부스러진 별, 부스러진 물고기가 나왔다. 뽑기에 성공한 모양을 제외한 나머지 자투리가 수북이 쌓였다.

"야, 이건 꽝이냐, 아니냐."

"울 동네 뽑기 아줌마는 이거 꽝이었어. 매우 엄격했다고."

"에이, 야, 이 정도는 맞았다고 해 주자."

"그래. 부스러진 하트는 하트 아니냐, 부스러진 별은 별 아니냐. 인정, 인정! 고갱! 나 상품 줘!"

"나도 지금 뽑기하는 거 안 보이냐? 그렇담 나도 꽝 아니다. …상품은 누가 주지?"

"상은 내가 주지."

수안이 벌떡 일어나 자신의 가방을 가져왔다. 그리고 그 안에서 캔 음료를 꺼냈다. 데미소다 오렌지 맛. 경선과 미정이 깔깔거리며 웃었다.

옥자가 그렇게 가 버린 후, 수안은 전화를 한 통 받았다. 자판기 관리자 김종대 씨였다. 그는 자판기 관리만 이십여 년 해 왔지만, 이런 일은 처음이라 무척 송구하다고 사과했다. 처음에는 으레 있는 장난 전화라고 생각했는데 같은 내용의 전화가 여러 통이 오면서 알게 되었다고 했다. 자기 아들이 또라이였다는 걸.

자신의 일을 물려받을 아들이 여섯 군데 자판기의 물건을 채워 넣으면서 몇 개를 랜덤 형식으로 바꿔 넣었다고 했다. 선택한 음료가 아닌 다른 음료가 나왔다고 연락한 사람은 수안까지 합해서 열두 명이라고.

"일 좀 가르치겠다고 데려다 놨드만, 이 새끼가 말도 안 되는 짓을 해 놨네예. 지 나름의 이벤트라나, 뭐라나. 내하고 상의도 없이 하는 이벤트가 어디 있습니까. 자판기에 붙일 안내문을 만들어 놓고 까묵고 붙이지도 않았다니, 참…. 기가 막히는데 일 수습하느라 지금 화도 못 내고 말입니다. 고객님들도 이런 일이 처음이니까 화를 내셨다가, 웃으셨다가, 다들 난처합니다. 사

모님, 죄송합니다. 잘못 받았다는 사진 한 장이랑 계좌
번호 남겨 주시면 금액 반환해 드리겠습니다.”

"사진 드렸는데요."

"아니, 그, 저… 죄송하지만 캔 바닥을 찍어서 보내
주실랍니까."

수안은 캔을 뒤집었다. 오목한 캔 바닥에 글자 적힌
스티커가 붙어 있었다.

〈대박 행운 당첨〉

그 아래에 휴대전화 번호도 적혀있었다. 아들의 번
호 같았다. 이런 일을 벌인 아들을 욕하면서도 김종대
씨는 캔 바닥 사진과 계좌번호를 받고 있었다. 수안은
사진을 찍어 보냈지만 계좌번호는 적지 않았다. 잠시
후 카카오톡으로 '축하해요'라 적힌 메시지가 들어왔
다. 아래에 '봉투가 도착했어요'라 적혀 있었는데 김종
대 씨가 송금한 이천 원이었다. 대박 행운의 상품이었
다. 수안 인생 첫, 뽑기 당첨이었다.

배달된 음식을 앞에 두고, 수안은 세 개의 유리잔에
대박 행운을 나눠 부었다. 탄산 기포가 약하게 올라왔
다. 셋은 그 기포를 잠시 바라봤다. 컵 바닥에서 올라와

수면 위로 사라져 버리는. 아무도 그러자고 하지 않았지만 셋은 잠시 기도를 했다. 온종일 무언가를 잘 뽑으려고 애썼지만 실상 뽑히지 않은 나머지를 찾는 서로를 위해. 어떤 것을 잃지 않기 위해 무언가 어렵게 버리는 사람이 여기 있다고.

챙그랑 소리를 내며 건배를 하고 미지근한 음료를 꼴깍 삼켰다. 인생의 다음 행운에 대한, 혹은 다음 꽝에 대한 염원을 담아. 효험 있는 자판기의 정화수니까. 달고나의 단맛 때문인지 오렌지 향 감미료가 유독 새콤했다.

그때 수안의 휴대전화가 울렸다. 옥자였다. 그렇게 전화를 걸어도 받지 않더니 로또 추첨 방송이 끝났을 시각이 되자 걸어온 거였다. 수안은 전화 받기를 잠시 미뤘다. 뽑기를 미룰 순 없으니까. 다시 말하지만, 수안은 돈이 중요한 게 아니었다.

벽, 난로

방

　직장인이었던 호양은 서울 도심의 원룸에 살았다. 보증금 천만 원에 관리비까지 포함해 월 오십오만 원을 내는 방의 주인에게서 나가 달라는 통보를 받았다. 계약 만료가 남아 있는 상태였지만 새 건물을 지으려고 그러는 거니 이해해 달라는 말만 돌아왔다. 분했지만 헐리고 없어질 집을 두고 싸우다니 아무 소용없는 일이었다. 고무가 있었다면 호양보다 훨씬 깔끔하게 논의했을 텐데 그제 할머니가 돌아가시는 바람에 그 자리에 없었다.

　늦은 밤 장지에서 돌아온 고무는 호양에게 주인 앞에서 쓴소리도 못 하다니 속도 없냐고 화를 냈다.

　—포장이사 비용에 복비도 챙겨 준다는데 뭐라고 말하며 싸우라고?

　한 달 전에 회사에서 잘리고 실업급여를 기다리던 호양은 그 밤 소주를 마시며 '일도 뺏기고 방도 뺏기고, 내 팔자 더럽다.' 울었다. 호양이 오래전 집을 떠날 때 호양의 아버지는 '기껏 키웠더니 이런 대접이다. 범띠 년 때문에 내가 헛수고를 했다. 저 팔자 센 년, 꼴값한

다.' 욕을 했다. 호양은 그 저주가 늘 나를 따라다닌다
며, 장시간 동안 술주정을 반복했다. 고무는 호양이 게
워낸 토사물을 치워 주면서 말했다.

—짬뽕라면에 달걀까지 풀어 먹었네. 저녁을 안 먹
긴, 개 뻥쟁이.

배

다음 날 고무는 호양을 데리고 길을 나섰다. 서울역
에서 KTX를 타고 남쪽에 있다는 고무의 고향에 내려
갔다. 역에서 지하철을 탔다가 다시 마을버스를 탔다.
2번이라고 찍힌 마을버스는 꼬불꼬불한 오르막에서
춤을 추고 아슬아슬하게 좁은 골목에서 묘기를 부렸
다. 숙취로 고생하던 호양은 이 괴로운 상황에 쓸데없
이 몸이 들썩거리다니 심난했다. 멀미 때문에 배 속이
울렁거렸다. 버스 안의 사람들은 대개 중년 이상의 어
른이었는데 다들 차에서 내릴 때 이런 인사를 했다.

—올라가입시더.

—행님, 올라가이소.

여자끼리 서로에게 행님이라 부르는 것도 재밌었

지만 버스의 이쪽도 저쪽도 모두 서로를 아는 사이라
니 호양은 신기했다. 한참을 서서 흔들거리던 고무가
하차 벨을 눌렀다. 호양은 나도 '올라가자고' 인사를 해
야 하나, 어딘지는 모르지만 아무쪼록 잘 올라가시라
고 해야 하나 어째야 하나, 고민하다가 결국 아무 말도
못 하고 내렸다.

　—아.

산비탈을 따라 집들이 빼곡히 들어찬 전경이 호양
의 눈앞에 펼쳐졌다. 집들의 끝은 바다였고 북항대교
가 바다 위에 꽂혀 있었다. 배도 보였다. '피난민의 애
환이 담긴 부산의 산복도로.' 호양은 이 산비탈을 다큐
멘터리에서 본 적이 있다. 고무가 자신의 고향 집이 나
온다며 보여 준 다큐였다.

　—고대에는 인간의 '복부'에 영혼과 애정이 깃들어
있다고 믿었대. 아마도 배 속에 많은 것들이 들어 있어
서 그렇겠지. 배 속을 든든하게 채우는 일이 제일 중요
하기도 했을 테고. …배가 부른 다음에는 무엇이 중요
해질까.

고무가 뜬금없이 배에 대한 이야기를 꺼내며 호양
의 손을 찾아 쥐었다. 호양 또한 고무의 말과 아무 상관

없는 말을 중얼거렸다.

　—이미 꼭대기니까 여기서 더 올라가라 소린 못 하
겠네. 아무쪼록, 행님의 세계에서 잘 내려가시라고 해
야 하나.

봄

　고무의 돌아가신 할머니가 살던 집이었다. 시멘트
가 발리긴 했어도 작고 얇고 낮은 집. 단층 주택의 대문
을 열면 미닫이 새시로 된 현관문이 일 미터의 거리를
두고 육박했다. 현관문을 열면 부엌을 겸하는 거실 마
루가 있고 마루의 양편으로 방이 하나씩 놓여 있었다.
왼편 방 옆엔 샤워기가 딸린 화장실이 있었고 안방 역
할을 하는 오른편 방에는 창고를 겸하는 다락방이 붙
어 있었다.

　세간은 거의 없었지만 늘 쓸고 닦았는지 깨끗했다.
고무의 할머니는 남편과 전쟁 피란을 왔다가 이곳에
정착했다고 한다. 가 보지 못하는 고향을 그리워하며
고무의 큰이모와 엄마와 작은이모를 낳고, 그 와중에
남편을 일찍 잃은, 다소 파란만장한 삶을 살았다.

―고무의 식구 모두 크던데 다섯 식구가 이 작은 집
에서 어떻게 살았을까.

―살면, 살아진다.

호양의 중얼거림에 고무가 대답했다. 어쨌거나 고
무의 할머니는 남아를 선호하는 시기에 딸만 낳았지
만 공평하게 사회인으로 키웠고 시집 다 보내고 나서
도 자식들에게 의지하지 않고 혼자 살다 돌아가셨다.

―할머니 멋지시다. 걸 크러쉬.

한껏 멋을 내고 찍은 할머니의 사진을 보고 호양이
중얼거렸다. 이 세계에서 할머니를 조상으로 둔 사람
을 통틀어 가장 키가 큰 고무는 자신이 받은 칭찬인 것
처럼 쑥스러워했다. 호양은 집 안을 둘러봤다. 마루가
몹시 차가워서 발가락이 저절로 오므려졌다. 어깨를
움츠린 채 발뒤꿈치로 부엌을 걸었다. 그 모습이 다리
사이에 알을 품고 이동하는 남극의 황제펭귄 같아서
고무는 웃었다.

호양이 방 안을 기웃거리는 동안 고무는 가파른 계
단을 통해 옥상으로 올랐다. 할머니는 옥상에서 빨래
를 널다가 심장마비로 쓰러져 돌아가셨다. 어느 이웃
이 옥상에 누워 있는 할머니를 보고 이상하게 여겨 구

급차를 불렀다고 했다. 하지만 이미 늦은 시간이었다. 그날의 빨래는 아직도 널려 있었다.

빨랫줄에는 화려한 모란이 그려진 긴팔 셔츠가 양 어깨를 빨래집게에 집힌 채 바람 따라 팔을 흔들고 있었다. 그 옆에는 자주색 고무줄 바지가 허리춤을 집힌 채 다리를 구르고 있었다. 커다란 노란 수건 한 장과 역시 커다란 분홍 요실금 팬티도 나란히 집혀서 팔랑거렸다. 봄이다. 고무는 할머니, 하면 가장 먼저 봄을 떠올렸다. 빨랫줄에 걸린 할머니의 옷으로 봄이라 알게 되는 기분을 오랜만에 느꼈다. 이 빨래를 보기 위해 굳이 다시 고향으로 내려온 고무였다.

늦둥이 남동생이 치명적인 사고로 장기 입원해서, 그러다 걔가 죽어서, 나중에는 부모님이 이혼해서, 고무는 어렸을 때의 어느 해 봄부터 할머니 집에서 오래 살았다. 아직 젊었던 할머니는 일을 마친 저녁에는 막걸리를 마셨는데 몸이 아픈 날에는 더욱 많이 마셨다. 대취한 날에는 뽕짝을 틀어 놓고 그 큰 몸을 흔들며 춤을 췄다. 할매 봐라, 고무야, 웃기나, 웃기제, 그러면서. 하지만 고무는 웃기기보다 무섭고 부끄러워서 울었다. 할머니는 야―야, 울지 말고 웃어라, 그러면서 더

크게 춤을 췄고 할머니가 그럴수록 고무의 울음소리
는 점점 더 커졌다. 약을 먹지 술이나 먹고. 아프다면
서 춤이나 추고, 뺑쟁이 할매 빨리 죽어 뿌라. 어린 마
음에 그런 모진 생각도 했는데 고무는 이제야 새삼 할
머니에게 미안해졌다. 그러거나 말거나 할머니의 옷
은 계속 춤을 췄다. 휴대폰을 꺼내 빨랫줄을 사진에 남
겼다.

벽

　고무가 옥상에서 내려오자 마루 저쪽 끝에 선 호양
이 고무를 불렀다.
　ー고무, 이 벽은 너무 생뚱맞다.
　미닫이 현관에서 정면을 바라보면 검붉은 벽돌로
채워진 벽이 있다. 요즘 유행하는 데코용 타일이 아니
라 옛날에 유행하던 건물 외장용 벽돌이다. 뒤쪽 지대
가 높아서 천장 근처에 쪽창이 나 있는 그 벽은 고동색
마루와 어우러져 집을 더욱 어둡게 만들었다.
　ー마루가 놓인 여기는 원래 좁은 마당이었대. 두 개
의 건물을 하나로 합하면서 마당자리는 마루를 깔고

벽돌로 벽을 만든 거지. 엄마 말로는 할아버지가 큰맘 먹고 집을 사서 수리했는데 돈이 부족해서 결국 이렇게 되었다네. 이 벽도 할아버지가 벽돌을 사다가 직접 만든 거다. 실력이 좋았는지 생각보다 튼튼해. 보다시피 벽지를 바르거나 페인트를 칠하기도 애매해서 그냥 두고 지낸다. 그래서 이 거실은 음습하고 추워. 엄마와 이모들이 돈을 갹출해서 구조 변경 공사를 하려 했는데 할머니가 완강하게 거부해서 그냥 이렇게 두고 지냈어. 늦가을부터 화목난로를 때며 살아. 야, 그래도 난로 때면 고구마 구워 먹는 거는 재미있다.

고무는 호양에게 벽의 한 곳을 짚으며 자세히 들여보라고 했다. 높이가 다른 여러 개의 가로선이 그어져 있고 그 옆에는 고무와 이종사촌들의 이름이 적혀 있었다. 아이들끼리 모여서 키를 표시한 것인데 연도는 기록되지 않았다. 호양은 고무 너도 작았던 시절이 있었구나, 중얼거리며 벽의 이름들을 만졌다. 고무 역시 그 이름들을 만졌는데 내 키가 얼마인지는 중요하지 않았고 다만 내 이름이 벽돌 위가 아니라 벽돌과 벽돌 사이의 시멘트에 적히는 것이 기분 나빴던 시기라며 새삼 속상하다는 표정을 지었다.

구석에는 벽돌 위에 시멘트를 덧바른 자리도 있었다.

—할아버지는 만날 술 마시고 와서 물건을 던지는 게 일이었대. 그래서 바른 시멘트.

그때 타닥, 하고 벽 바깥에서 소리가 났다. 둘은 동시에 머리 위의 쪽창을 올려봤다. 자그마한 발을 가진 누군가가 앞이 막힌 보라색 플라스틱 슬리퍼를 신고 서 있었다. 누구세요, 말해 봐도 저쪽은 반응이 없고 벽에 찰싹 달라붙어 창을 올려봐도 신을 신은 발목까지만 보였다. 신발만 보면 할머니 같은데, 하고 호양이 말하자 그럼 우리 할머니가 나를 보러 찾아왔나, 하고 고무가 말했다. 깜짝 놀란 호양이 어우야—, 하고 고무의 등을 때렸다.

별

할머니가 돌아가신 달의 어느 주말에 고무의 가족들은 집에 모였다. 남자들은 아주 오래된 큰 가구를 집 밖으로 내다 버리고 일찌감치 방으로 들어가 술을 마시기 시작했다. 여자들은 할머니의 물건을 모두 꺼내 추억이 깃든 것은 챙기고 나머지를 정리했다. 고무는 물건 사진을 찍었다. 그러다 엄마를 비롯한 세 자매가 이 집을 팔자고 논의하는 것을 들었다. 시골이라면 별장 삼아 오고가겠지만 다닥다닥 붙은 집들 사이에서 여유나 휴식이라니, 그런 건 꿈도 못 꾼다. 이렇게 낡은 집은 세를 놔 봐야 수리 비용만 더 들 것이니 그냥 팔아서 나눠 갖자고 하는 것이다.

　—팔면 얼마나 나올까.

　큰 이모의 질문에 막내 이모가 대답했다.

　—부동산에 물어봤는데 시유지를 절반이나 끼고 있어서 몇천도 제대로 못 받는단다.

　—꼴랑 그것밖에 안 주나?

　—응. 하천 부지라서 시로부터 불하받을 가능성도 없다는데.

　잠자코 있던 고무의 엄마가 목소리를 뾰족하게 냈다.

　—…근데 막내야, 부동산에는 언제 알아본 거고?

　—좀 전에 올라오면서 부동산이 보이기에 물어봤지.

　—야, 니는 언니들하고 상의도 안하고 혼자 부동산

에 갔단 말이가?

　―아니, 판다고 했잖아? 장지에서 돌아올 때 그랬
잖아? 누가 들으면 내가 뭐 나쁜 짓 하려다가 걸린 줄
알겠다? 언니, 니는 잘살면서 뭘 그리 손해 볼까 봐 동
생한테까지 눈을 치뜨노?

　―니? 니~이? 언니한테 니~이?

　환갑을 전후한 자매들은 아이들처럼 싸운다.

　―큰 이모, 진짜 팔 거야? 할매랑 이 집에서 살 때 좋
았는데.

　고무의 갑작스런 질문에 화를 내던 큰 이모는 멈칫,
하다가 말했다.

　―…좋았지. 살 때는 몰라도 지나면 좋은 것 같지.
지금 다시 돌아가라면 안 간다. 구질구질하다. 즈아―
들하고 사는 게 얼마나 엉성시러벘다고.

　자매들의 싸움은 '이 집에 살면서 누가 더 고생을
했는지'로 넘어갔다. 고무는 할머니의 집은 싫은데 돈
은 가지고 싶어 하는 세 자매가 미웠다. 세 자매 모두 노
후 걱정 없는 중산층 가정을 이루어 살고 있는데도 그
깟 몇천에 이런 말싸움을 하는 것이다. 버스를 타고 돌
아오는 길에 고무는 자신의 전 재산을 털고 퇴직을 하

면 받게 될 돈이 얼마가 되는지 계산해 봤다. 방에 들어서자 호양이 울상이 되어 소리쳤다.

—고무고무, 방이 더 비싸졌어! 어떡해?

호양의 말이 기폭제가 된 것처럼 고무는 자신의 머릿속에서 정리되지도 않은 일을 급작스럽게 외쳤다.

—우리 같이 살래?

—…이미 같이 살고 있잖아?

—아니, 아니, 방 말고 집. 우리 같이 집 살래?

—고무야, 집이라니? 지금 사는 이 원룸은 집이 아닌가? 요즘 세상에 우리 같은 가난뱅이들이 '내 집 갖기'를 하자니, 그건 하늘의 별 따기만큼 어려운 일이잖아. 그런데 별을 따자니? 집을 갖자니?

호양은 좀처럼 크게 흥분하지 않는 고무가 크게 내지르는 목소리 때문에 무서웠다. 무서운 목소리로 무서운 이야기를 하는 고무가 낯설었다. 지금까지 모은 돈을 합해서 조금 넓은 방으로 옮기자는 계획을 했을 뿐인데 갑자기 집이라니. 고무는 고향의 할머니 집에 대해 아니, 땅은 없고 집만 있는 그곳이 세상과 어떻게 연결되어 있는지를 설명했다. 남쪽의 별과 가까운 동네는 그나마 별 따기가 더 쉽다는 말도 덧붙이며.

볼

─호양, 우리 같이 살까.

─그거 프러포즈냐.

─설마, 그럴 리가.

─그래, 이렇게 괴상망측한 프러포즈는 딱 맞아 죽기 좋지.

호양은 고무의 등을 밀고 있었다. 고무가 싫다고 도망가는 것을 호양이 겨우 붙잡아 데리고 왔다. 겨우내 목욕탕을 한 번도 가질 않았는지 때수건이 등을 스치기만 해도 옹심이 같은 때가 뭉텅이로 떨어졌다. 누군가 둘을 지나칠 때마다 그 사람이 고무의 때를 보고 놀랄까 봐 호양은 고무의 등에 물을 끼얹었다. 한낮의 목욕탕은 사람이 얼마 없어서 슥삭슥삭, 때 미는 소리만 가득했다.

─야, 이건 뱀 허물 벗는 것도 아니고…, 때만 모아서 조몰락거리면 너를 한 명 더 만들 수도 있겠다.

─에이, 이 때비누 때문이다. 이름 봐라. '때폭풍'이라잖아.

─웃기시네. 끝나지 않는 때 폭풍에 내 팔뚝이 박살

날 판이다. 아하하하, 때 다 밀면 지우개처럼 너 줄어드는 거 아니냐? 사실은 이런 이유로 고무인 거지?

고무는 호양과 처음 만난 모임에서 썼던 닉네임 '고무고무'에서 따온 이름이다. 키가 큰 고무는 학창 시절 뚱뚱했다. 자식을 잃어 본 경험이 있는 고무의 엄마는 고무에게 집착했는데 고무는 그 스트레스를 먹는 걸로 풀었기 때문이다. 엄마는 일 때문에 바쁘면서도 고무 학교에 선생님을 뵈러 찾아오거나 잘나가는 과외 선생을 수소문해서 고무에게 붙여 주었다. 어느 날 삥을 뜯던 일진의 눈에 고무가 들어왔다. 고무의 볼살을 잡아당기면서 돼지 년, 살도 잘 늘어나, 라는 소리를 했는데 화가 난 고무가 그 아이를 들어 던져 버렸다. 그 뒤로 복잡하다면 참으로 복잡한 일들을 겪었고 고무의 엄마는 그 일을 돈으로 해결했다. 고무는 아이들에게 '고무인간'으로 불렸으나 친구가 쉽게 생기지 않았다. 만화 〈원피스〉의 주인공 '루피'는 고무고무 열매를 먹고 고무처럼 몸이 늘어나는 능력을 가졌다. 루피는 '너 내 동료가 돼라!'는 말 한마디로 여러 명의 친구를 만들었지만 고무는 그러지 못했다. 그 일이 있은 후로 고무는 엄마의 간섭에 대들기 시작했고 다이어트를 했다.

　호양은 단순히 성이 호 씨라서 닉네임을 '호양'이라고 지었다. 고등학교를 졸업하자마자 사회생활을 한 호양은 늘 '호양'이나 '아가씨'로 자주 불렸는데 호양 스스로는 호랑이띠이고 고양이를 좋아해서 그렇게 지었다고 말했지만 사실 별명이 없었다.

　호양이 고무의 볼살을 살짝 꼬집으며 말했다.

　—고무고무, 뼈를 깎고 살을 베는 이 고난의 시기에, 감히 백수에게 아무 연고 없는 지역에 내려가서 같이 살자고 말하다니… 둘 다 직장도 새로 구해야 하고 돈도 얼마 없는데… 참으로 낭만적인 소리만 한다.

　—내가 좀 낭만적이긴 하지. 낭만 빼면 때밖에 안 남는 사람이야, 내가. 그러니까 같이 가자아? 고무인간이 이렇게 질기다.

　고무 역시 양손으로 호양의 볼살을 꼬집었다. 우스꽝스러운 서로의 표정 때문에 둘은 배 속이 간질간질해서 뺨이 얼얼해지는 것은 전혀 느끼지 못했다. 훗날 이것이 프러포즈였다고 회상하겠다는 예감을 했다.

빚

　고무와 호양이 서로의 등을 밀어 주는 동안 등이 굽
은 작은 몸의 할머니와 덩치는 크고 관절이 아픈지 뒤
뚱거리며 걷는 할머니가 들어왔다. 둘은 아주 천천히
서로를 붙들어 주면서 걸었다. 둘은 고무, 호양과 마주
보는 자리에 앉았다. 오자마자 샤워를 하고 머리를 감
았는데, 먼저 끝낸 큰 할머니는 탕에 들어가지 않고 기
다렸다. 일을 마친 작은 할머니의 손을 붙들고 탕 속에
조심조심 들어갔다. 작은 할머니는 몸에 딱 맞는 옷이
좋은데 자식들이 헐렁한 옷을 사 와서 마음에 들지 않
는다고 구시렁거렸다. 그래 놓고 손자 손녀를 슬쩍 맡
기고 간다며 내가 걔들한테 용돈도 줘야 하고 잘 먹여
야 하니 신경 쓰인다고 했다. 그러면서 '그 옷이 백화점
에서 사 온 비싼 옷인 건 알지만'이라는 깨알 같은 자식
자랑도 했다. 큰 할머니는 그래, 맞지, 하고 맞장구를 쳐
주다가 요즘 자신의 물건을 계속 정리한다고 했다. 자
신이 죽고 나서 자식들이 물건을 정리할 때 지저분한
쓰레기가 많이 나온다고 흉볼까 봐 그렇다고 했다. 작
은 할머니는 말없이 자신의 바구니에서 단지 모양의

바나나우유를 꺼내 큰 할머니에게 건넸다.

호양은 그 모습을 보고 자신이 챙겨 온 커피우유를 떠올렸다. 바구니에서 우유를 꺼내 고무에게 건네는데 고무가 울고 있었다. 할머니 생각이 난 것 같았다. 우유갑의 입구를 열어 고무 손에 쥐어 주고 빨대 두 개를 챙겨 할머니께 가져갔다.

─할머니, 그거 그냥 드시기 힘드니까 이거 꽂아서 드세요.

할머니들은 고맙다고 웃었다. 웃음을 트고 나니 할머니들은 거침없이 질문을 쏟아내기 시작했다. 둘은 자매인가? 친구라고? 같이 산다고? 아직 결혼 안 했나? 나이가 몇인데? 서른? 그쪽은, 서른두울? 아이고, 얼른 시집가야지. 부모님이 걱정이 많겠네. 남자친구는 있고? 없다고? 아잇, 둘이 같이 살면 안 돼! 같이 사니까 남자가 안 생기지. 결혼을 빨리해야 아기도 낳지. 서른이 넘으면 늦었다고. 건강해 보이는데 그리 좋은 밭을 가지고 있으면서 씨를 안 뿌리면 되겠어? 결혼도 안 하고 애도 안 낳으면, 그게 불효야. 우리 때는 말이야. 밥도 제대로 못 먹을 때 아이들을 낳아 키웠다고. 지금 나라가 이렇게 훌륭해지지 않았어? 요즘 세상 얼마나 편하고 좋은 세상이야. 그런데 아무것도 안 하겠다니, 일자리가 없네, 애 키우려면 돈이 많이 드네, 맞벌이가 아이 키우기엔 버겁네, 다 불평불만뿐이야. 그건 키워 준 부모한테 빚지는 것이고 나라에 빚지는 일이라고.

그날 밤 호양은 잠들지 못했다. 낮에 목욕탕에서 할머니들이 말한 '빚'이 머릿속에서 떠나지 않았다. 그러고 보면 태어나서 지금까지 호양은 늘 빚진 사람이었다. 호양을 낳고 돌아가신 엄마를 떠올리면 빚으로 시작한 삶이라고 말할 수 있었다. 새엄마의 아들, 의붓동생에게도 빚을 졌다. 새엄마는 호양을 동생이 모두 가질 것을 나눠 받는 사람 대하듯 했다. 자신은 무심코 하는 행동이나 말이겠지만 호양은 미안해야 하는 사람이었고 그 빚을 갚기 위해 대학을 포기하고 집을 떠났다. 호양은 장학금을 주는 실업계 고등학교의 기숙사에서 이른 독립을 시작했다. 아버지가 가끔 보내 주는 용돈을 시작으로 아르바이트하는 사장님께 가불받거나, 은행 대출을 알아봤다. 고등학교를 졸업하고 고시원 방을 얻을 때, 직장 생활을 하면서 생활비에 구멍이 날 때, 집세가 한꺼번에 많이 오를 때도 사람들에게 빚을 졌다. 하도 빚을 지다 보니 나중에는 손님과 직장 상

사에게까지 빚진 사람처럼 늘 죄송합니다, 고맙습니
다, 얼른 하겠습니다, 말하고 살았다. 호양은 지금의 빚
이 어떻게 지게 된 빚인지는 생각도 못 한 채 앞으로 얼
마나 많은 빚을 갚아야 할지 두려워했다.

고무를 만나고 나서야 호양은 안정감이란 걸 찾았
다. 물론 고무에게 빚을 질 때도 있었지만 동시에 고무
가 자신에게 빚을 지기도 했고 이것은 대개 무형이라
갚을 수 없는 성질의 것이어서 애당초 성립되지 않는
빚이었다. 물론 할머니들의 말대로라면 둘은 평생을
빚진 사람으로 살아야 한다. 남자와 결혼을 해서 아이
를 낳는 일은 하지 않을 것이므로. 백수가 된 마당에 새
로운 시작을 해야 하다니 얼마나 큰 빚을 질 것인지 도
무지 예측이 되지 않는데 할머니들이 말한 '부모와 나
라에 진 빚'쯤 하나도 무섭지 않았다. 그 빚을 갚지 않
아도 부모와 나라는 내게 관심이 없으니까. 그런데, 그
할머니들 자신은 어째서 그 빚을 제대로 갚았다고 자
신하는 것일까?

호양은 고무의 할머니가 살던 그 집을 다시 떠올렸
다. 작고 얇고 낮고 춥고 어두운 그 집이 이상하게도 나
쁘지가 않았다. 어쩌면 한 번도 경험하지 못한 '단독'

주택이라서 그런 것 아닐까. 층간 소음 문제와 해서는 안 될 규칙들 때문에 도무지 정이 붙지 않던 이전의 다세대 건물 방과는 분명 다를 것이다.

하지만 하루 종일 일에 시달리다가 방으로 돌아와 잠만 자고 나가는 지금까지의 생활로 치자면 그냥 원룸이 나을지도 모른다. 그곳에서 어떤 직장을 다니게 될지 몰라도 집을 사고 나면 통근 거리도 늘어나고 빚도 생길 것이고 투자 가치 없는 건물이라 나중에 골치 아픈 일이 생길 수도 있는데.

누가 죽은 집에 들어가 사는 일이 무서운 일은 아닌가, 의심도 들었는데 고무의 할머니가 귀신으로 나타난다면 고무가 좋아할 것 같았다. 그러고 보니 이 세상 모든 자리는 누군가 죽은 자리인데 그런 것 따지는 게 피곤한 일인 것도 같고.

역시 모든 생각의 끝에는 고무가 있었다. 고무가 좋으면 나도 좋지. 내 인생이 빚지는 걸로 최적화된 삶인데, 어쩔 수 없이 져야 하는 빚이라면 기꺼이 내가 그 빚을 져야지. 한 번도 본 적 없는데 내가 빌렸다고 남들이 우기는 그 '현물'이 무엇인지 살다 보면 알게 되겠지. 내일은 은행에 가서 가지고 있는 돈을 다 찾고 필요하면 대출을 알아봐야겠다, 생각하며 호양은 다시 잠들었다.

반

그리하여 고무와 호양에게 집이 생겼다. 호양의 경우 독립하고 십육 년 만의 일이었다. 물론 고무의 명의로 된 집이고 고무의 돈이 더 들어갔지만, 서류상 호양은 세입자로 적혀 있지만, 호양은 '내 집이다' 그렇게 생각했다. 대출도 하지 않고 해낸 생애 첫 내 집 장만.

호양과 고무는 사람을 불러 앞으로 살게 된 집 바깥벽을 연노랑색으로 칠하고 장판과 벽지를 교체했다. 창문을 이중창으로 바꾸고 현관문에 전자식 도어락을 설치했다. 집 안의 모든 창문 유리를 밖에서 안을 쉽게 볼 수 없는 거울 유리로 바꿨다.

돈이 부족해서 거실 마루 난방 공사를 못 하는 것이 아쉬웠지만 둘은 그것으로 가까운 미래를 계획했다. 그들이 연결된 세계로부터 '둘은 동반자로서 평생을 함께할 수 있다'는 인정을 받을 미래는 구체적으로 계획할 수 없지만 난방 공사는 계획할 수 있으니까. 공사가 마무리되던 어느 날 고무의 엄마가 불쑥 찾아와 필요한 물건은 없는지 물어보고 싱크대를 교체해 주겠다고 했다. 고무는 싫다고 거절했다. 엄마에게 빚지고 싶지 않고 빚지는 일은 앞으로도 없을 것이라고 단호히 내쳤다. 고무의 엄마는 울면서 돌아갔다.

고무가 자신이 퇴직하는 회사와 집에 있는 가족들에게 '시집간다'고 말했다는 것을 호양은 이사를 온 날 알게 되었다. 고무의 엄마는 평소 고무에게 전화해 '니가 시집만 가면…'으로 시작하는 말들을 자주 꺼냈는데, 고무의 독신, 독립 선언(정확하게는 호양과 함께하겠다는 선언)으로 자신의 계획이 어느 것 하나 이루어지지 않을 것이라는 생각에 고무를 원망하고 저주했다. 내가 아들 잃고, 이혼하고, 너를 어떻게 키웠는데, 남들 결혼식에 뿌린 게 얼만데, 라는 말로 시작해서 네가 아직 어려서 모른다. 언젠가는 마음을 '고쳐먹고' 결혼을 할 것이니 정신 차리라며 성인이 된 고무를 아이 취급하듯 모욕하는 말들을 퍼부었다. 이모들은 '평생 독신으로 살겠으니 이번 기회에 시집보낸다, 생각하고 집을 팔라.'는 고무의 호기로운 발언을 듣고 골치 아픈 집을 스스로 떠안겠다는 제안이 고마워 '저렴한' 금액으로 고무에게 처분했다. 고무는 호양이 말한 '표현하기 어려운 형태의 빚'이라는 것을 조금이나마 이해했다.

짐을 대충 정리하고 치킨과 맥주를 먹고 있는데 고무가 호양 앞에 봉투 하나를 내밀었다. 회사에서 시집 안 가냐고, 애인 없냐고 자꾸 묻는 사람들이 징그럽던 고무지만 퇴사 이유를 '고향에서 결혼 준비'라고 했더니 모두 각출해서 축하금을 줬다는 것이다. 그 돈을 들고 나오는데 퇴직금 정산보다 이 돈을 받을 때 묘한 기분이 들었다고. 그 얘기를 듣고 호양은 피식 웃었다.

이사 통보를 받던 날 호양은 집주인에게 거짓말을 했다. 구직을 하고 나서 이사를 하는 것이 비용 면에서 부담이 덜할 것 같았기 때문이다. 구직 얘기를 하긴 부끄러워서 사 개월 뒤에 시집가는데 그때까지만 좀 기다려 주시면 안 되겠냐고 말했다. 물론 그런 여유는 주지 않았지만 이사를 하던 날 집주인은 이사비 등을 보내면서 결혼 축의금이라며 얼마의 돈을 더 보태서 줬다.

—이래서 다들 결혼, 결혼, 하는구나.

절반의 빚, 절반의 결혼. 둘은 쓰게 웃었다.

볕

장마가 지나고 본격적으로 여름이 시작됐다. 둘은 아직 직장을 구하지 못했다. 전에 다니던 직장만큼의 인력을 원하는 곳이 얼마 없었고 있다고 해도 월급이 터무니없었다. 우선 둘이서 받은 실업급여만 가지고 살았는데 이상하게도 부족하지 않았다. 소비가 많이 줄어들었기 때문이다. 우선 방세가 나가지 않았다. 외식을 줄이고 집에서 밥을 해 먹었다. 달마다 유행에 맞춰 사던 옷과 장신구는 더 이상 사지 않았다. 여유로운 한낮에는 근처의 공원을 산책하거나 도서관의 책을 빌렸다. 옥상에 앉아 바다를 바라보며 맥주를 마시기도 했다. 주중에는 대중교통을 이용해 근교의 관광지를 찾아갔다. 한낮의 볕은 약이 되어서 호양과 고무의 핏속을 데웠다. 따뜻한 몸으로 서로의 손을 잡고 느리게 길을 걸으면 예전에 가지고 있던 독기나 서러움, 분노가 조금씩 녹았다. 박봉과 격무에 시달리던 직장인 시절에는 꿈도 꾸지 못했던 생활이었다. 그땐 휴일에도 해야 할 일 때문에 스트레스를 받곤 했다.

어느 밤 호양과 고무는 공과금을 납부하면서 생활

비를 정산했다. 소비는 많이 줄었지만 생활을 위해서는 일을 시작해야만 했다.

—아, 일하기 싫다.

—나도 회사 다니기 싫어.

—…고무야, 나는 가끔 서울에서 처음 살았던 고시원을 떠올려. 창문도 없는 좁은 방의 사방 벽. 그곳의 방에서 팔만 뻗으면 닿던 그 벽들은 내 울타리였지만 동시에 함부로 만질 수 없는 남의 벽이었거든. 아버지의 집에서 살 때도 내 방이지만 내 방이 아닌 기분이 자주 들었는데 고시원은 다른 차원에서 내 방이 아니더라고. 그래도 그런 벽이라도 가지려면 돈을 벌어야 하니까 야근도 하고 주말 알바도 했던 거거든. 살아가야 하니까. 형편이 나아져서 원룸에 살게 되었어도 그런 상황은 똑같더라. 그런데 여기로 이사를 오고 나니 그렇게 고생스럽게 일을 했던 게 아득하다. 누워 있는 이 방의 사방 벽이 내 거라고 생각하면, 쫓겨날 일이 없을 거라고 생각하면, 벌써 마음이 부자다.

고무는 서울에서 직장 생활을 할 때 처음 본 호양을 떠올렸다. 모임에 나온 여성들 중에 가장 키가 작은 호양은 한낮의 졸린 고양이 같았다. 사람들의 대화에도 심드렁한 표정으로 조용히 앉아 있어서 새침한 아이라고 생각했는데 지나고 보니 상처받기가 두려워서 잔뜩 움츠리고 있는 거였다. 한 달에 이틀 빼고 온종일 일하던 호양은 이런저런 사람을 만나며 고생스러운 이십 대를 보낸 사람 치고 싸움을 피하려고만 했다. 늘 손해를 보면서도 참고 있었다. 고무는 '앞으로 나는 호양 대신 싸우는 사람이 되겠다.'고 생각했다.

　—호양. 내가 생각해 봤는데 내년 봄까지 직장 생활은 하지 않는 것이 어떨까? 낯선 곳이니까 이곳에 적응하는 시간으로 각자가 하고 싶은 걸 하면서 지내 보자. 나는 그림을 그리고 사진을 찍을래. 넌 네가 하고 싶은 걸 시작해. 아무것도 하지 않아도 되고.

　—돈은?

　—알바를 하지, 뭐. 저축은 포기하자. 생활비만 조금씩 벌어 쓰는 거야. 아끼면서 살면 되겠지.

　—그래도 될까?

　—그래도 되지.

　그리하여 둘은 구직 활동을 접었다. 웹디자인을 하는 고무는 일을 의뢰받아 집에서 일하고 약간의 돈을 벌었다. 호양은 주말마다 편의점 아르바이트를 했다.

그 외의 시간에는 하고 싶은 일을 하려 했는데 놀아 본 적이 없는 호양으로선 무엇을 해야 할지 몰라 마트와 다이소 등을 돌아다니며 집을 꾸밀 자잘한 소품과 도구를 구경했다. 어느 날 마트의 문화센터 게시판에 '나를 찾는 글쓰기' 강좌 안내문을 보게 됐다. 호양은 처음으로 취미를 위한 수강 신청을 했다.

붓

고무가 붓과 페인트를 사 왔다. 호양을 불러 벽돌로 만들어진 거실 벽 앞에 세웠다. 호양의 등뼈가 '고무와 사촌의 키'가 표시된 자리를 지나도록 위치하게 한 후 노란 분필로 호양의 실루엣을 따라 그렸다. 호양의 통통한 팔뚝과 짧게 자른 머리칼과 아담한 어깨선을 지나 화상 자국이 있는 오른쪽 종아리의 테두리까지 꼼꼼히 그렸다. 호양은 자신의 그림자 같은 형상이 생각보다 뭉툭해서 실망했다.

—이 테두리 안쪽을 남기고 바깥쪽은 모두 페인트로 칠할 거야.

고무가 말했다.

그러자 호양은 자신이 섰던 자리에 고무를 똑같이 세웠다. 그리고 고무의 실루엣을 따라 분필을 움직였다. 가느다란 고무의 손가락과 기다란 머리카락과 굴곡 없이 통자로 뻗은 골반까지 천천히 그렸다. 고무의 키가 커서 머리 꼭대기를 그릴 때에는 의자를 두고 올라서야 했다.

위쪽으로 고무의 실루엣이 튀어나왔고 양옆으로 호양의 실루엣이 튀어나왔다.

—두 개를 합하니까 '오직 이 세계를 파괴하기 위해 만들어진 괴물' 같다.

고무가 말하자 호양이 대답했다.

—근데 이 괴물은 예상보다 굉장히 착해서 세계 파괴가 안 되는 거야.

둘은 깔깔거리고 웃었다.

—영웅들도 먹고살아야 되는데 애석하게도 영웅들은 다른 일을 상상해 본 적이 없는 거야. 그래서 주변 사람들에게 '쟤는 나쁜 괴물이에요' 선동하고 결국 괴물이 나쁜 짓을 하도록 유도하는 거지.

호양은 슬픈 표정으로 서 있는 고무의 옆구리를 툭, 쳤다.

―개그를 다큐로 받는 건 반칙이야.

호양은 흰색 페인트로 벽을 칠했다. 그림 실력이 좋은 고무가 노랑 페인트로 자신과 호양의 실루엣을 일정한 굵기의 테두리로 바꾸어 칠했다. 그러자 집 안이 훨씬 밝고 아늑하게 바뀌었다. 호양은 그 집의 벽에 자신의 흔적도 남았다는 생각이 들어 기뻤다. 고무의 세심함이 고마워서 그녀를 있는 힘껏 끌어안고 외쳤다.

―사랑해, 고무. 당분간 목욕탕 같이 가자는 소리 안 할게.

―여름이라 잘 가지도 않을 거면서 괜히 생색내지 마.

밤

보름이라 불을 꺼도 밝았다. 잔뜩 오른 기온 탓에 둘은 집 안의 창문을 모조리 열고 마루에 누워서 잠을 청했다. 선풍기를 벽에 대고 돌렸지만 오전에 바른 페인트 냄새는 아직도 남아 있었다. 고무는 진작 잠들었고 호양은 이런저런 생각 때문에 몸을 뒤척였다. 잠들었다 깼다 반복하던 그때였다.

야아? 무슨 공장을 이 시간까지 돌리는 거라요? 옥
상에 연기가 엄청나게 올라오는데 옆집 사람 잠을 못
자게 하네. 심하다, 심해. 내가 오랫동안 참았지만 갈수
록 심해지네. 이런 경우가 어디 있소? 연기 좀 낮추소!
연기 좀 낮추란 말이오!

어느 할머니가 격앙된 목소리로 화를 내고 있었다.
깜짝 놀란 호양은 눈만 뜬 채로 숨죽였다. 심장이 두근
거렸다. 페인트를 칠한 벽 너머에서 나는 소리였다. 이
동네에 공장이 있었던가? 주택이 이렇게 다닥다닥 모
인 집에 공장이 있다니, 이 시간에 일을 하는 공장이 있
단 말인가? 캄캄한 어둠 속에서 꿈인지 생신지 분간조
차 되지 않았다. 할머니는 계속해서 화를 냈다. 오랫동
안 참았던 울분을 쏟아내는 것처럼 소릴 질렀다.

잠에서 깬 고무가 벌떡 일어나 마루의 불을 켰다.
호양이 휴대전화를 확인했다. 새벽 세 시가 넘은 시각
이었다. 고무는 쪽창 밖에서 무슨 일이 일어나고 있는
지 파악하려고 까치발을 들었다. 호양도 고무 옆에 서
서 덜 마른 페인트가 몸에 묻지 않도록 조심하면서 밖
을 봤다. 처음 이 집에 오던 날 봤던 그 보라색 슬리퍼가
보였다. 슬리퍼의 주인은 고무와 호양의 집을 향해 소

리를 지르고 있었다.

　—할머니, 여기 공장 아니에요. 오늘 페인트칠을 해서 냄새나는 거예요. 죄송합니다.

　고무가 외치자 할머니는 조금 누그러진 목소리로 무언가 중얼거리다가 사라졌다. 둘은 쪽창 문을 닫고 방으로 들어가 잠을 잤다.

벌

　페인트 냄새 때문이 아니었다. 할머니는 고무와 호양의 노란 집을 실제 공장이라고 생각했다. 밤낮도 없이 공장 기계를 돌리는 바람에 옥상으로 나오는 매연이 자신의 집을 집어삼킨다고 말했다. 밤이면 불쑥 벽앞에 나타나 소리치는 할머니 때문에 호양은 잘못한 것도 없이 심장이 두근거렸다. 공장이 아니라고 여러번 얘기했지만 할머니는 막무가내였다. 다른 사람의 말을 듣지는 않고 오직 자신의 이야기만 했다. 옥상 위로 무럭무럭 자라는 저 연기 때문에 숨을 쉬지 못하겠다며 기침을 하기도 했다.

　옆집 여자가 축대 윗집에 사는 할머니가 그러는 것

이라고 알려 줬다. 딸과 함께 사는데 요즘 치매인지 좀 이상한 행동을 하는 것 같다고. 그 집 딸 성질이 괴팍해서 자기 엄마한테도 험한 소릴 할 정도고 이웃이 싫은 소릴 했다 하면 아주 귀찮은 일이 일어나니 조심하라고 당부를 했다.

젊은 사람들 벌어먹고 사는 게 힘든 거 내 다 알아요. 그래서 내 낮에는 암 소리 안 하고 참은 기라. 이만큼 참았시면 그만 해얄 거 아니요? 참 신기타. 굴뚝도 없는데 우째 저리 연기가 많이 올라올꼬?

젊은 사람들이 경우도 없이 참 나쁘다며 밤 시간에 몰래 연기를 내보내며 옆집 사람 잠도 못 자게 하는 건 무슨 경우냐는 소리를 듣던 날, 참지 못한 고무가 '공장 아니라니까요!'라며 같이 고함을 지르기도 했다. 다른 이웃집에서 시끄럽다고 항의할 만도 한데 아무도 나서는 사람이 없었다.

고무는 억울했다. 저렇게 집요하게 악의를 가지고 공격을 하는 사람이라니. 경찰을 불러야 하나, 고민도 했다. 한번은 대문을 박차고 나가 할머니가 있는 건물 뒤편으로 찾아갔다. 하지만 그곳엔 아무도 없었다. 집 뒤에 축대가 있는데 벽과 축대 사이는 아주 좁은 공간이었다. 축대 위에 있는 허름한 집은 깜깜했다. 귀신한 테 홀렸나, 의심이 들 정도였다.

할머니는 사나흘에 한 번씩 새벽에 찾아왔고 고무와 호양은 벌 받는 기분으로 성난 목소리를 들었다. 짧으면 삼십 분, 길면 두 시간씩 호소하던 할머니가 떠나고 나면 뒤숭숭한 마음에 잠을 설쳤고 늦잠을 잤다. 한낮에 일어나면 더욱 우울해졌다.

고무와 호양은 할머니 집을 찾아갔다. 대문 안에 무화과나무가 심어져 있었는데 할머니의 딸로 보이는 중년의 여성이 얼마 남지 않은 열매를 따 먹고 있었다.

마당에 선 채로 전후 사정을 설명했더니 딸은 '치매는 아니야. 그 집 이사 오기 전 공사할 때 저 옆집도 한두어 달 공사하는 중이었거든. 그 공사 소리가 시끄러워서 스트레스 받으니까 얼마나 싸웠는지 몰라. 그래서 할매가 그리된 거 같아. 젊은 사람들이 이해해요. 할마시가 가서 뭐라고 그러면 그냥 네, 하고 대답해 줘.' 그랬다. 그러는 동안 집 안에서 할머니가 나왔다. 할머니는 목소리에 비해 몹시 작은 몸집이었다. 구부정한 허리로 걸어왔다. 여자와 할머니는 눈매가 닮았다. 고무는 남 얘기하듯 명령조로 말하는 여자에게 화를 내려고 했는데 할머니가 '내가 힘들어서 병원에서 닝게 루 주사도 맞고 그랬다꼬. 공장 연기 때문에 내 돈이 얼마가 들어가는지 몰라. 내 그 치료비까정 달라 소리는 안 해. 그러니까…' 라고 말하는 바람에 말할 타이밍을 놓쳤다. 그때 할머니 말의 허리를 자르며 여자가 소리 질렀다. '엄마는 입 닫고 가만히 있어라! 이게 다 누구 때문인데! 할마시, 밤에 잠이나 자지 뭐한다꼬 헛소리를 질질 해쌌노? 가만있어라!'

고무와 호양은 여자의 신경질적인 목소리에 질려서 그냥 나와 버렸다.

비

한낮의 더위가 꺾이는 것 같더니 아침저녁으로는 선선한 바람이 불어왔다. 가을비가 이틀째 내리는 날이었다. 대형 러그를 사서 거실 마루에 깔았지만 가끔 들어오는 바람이 선득해서 점심 식사 후에 전기 매트를 깔았다.

—이제 더 추워지면 좁은 방에서 지내야 될 거야.

—저 좁은 방에서? 큰일이다 정말.

―걱정 마. 겨울엔 따뜻하게 지내게 해 줄게. 이 언니만 믿어.

　―어떻게 할 건데?

　―엉? 어… 다락방에 화목난로가 있거든. 난로를 놓고 굴뚝을 사서 달자. 나무는 주문하면 되거든. 아침저녁으로 조금씩 나무를 때면 훨씬 따뜻할 거야.

　―…연기 할머니가 저 난리인데 연기가 나오는 난로를 놓겠다고?

　고무는 대답하지 못했다. 때마침 그쳤던 비가 다시 내리기 시작했다. 둘은 쪽창을 닫고 거실 마루의 불을 켰다. 호양은 탁자에 노트북을 올리고 앉았다. 글쓰기 수업의 숙제로 '최근 내가 가장 많이 생각하는 일'을 써 가야 했지만 어떻게 써야 할지 알 수 없었다. 고무는 매주 호양에게 이것을 써 봐, 저것을 써 봐, 하고 이야깃거리를 주었지만 사실 호양은 이야깃거리보다 시작을 어떻게 해야 할지 모르고 있었다. 머릿속의 거대한 덩어리를 어떻게 풀어 써야 할지 막막했다. 어떤 것이든 좋으니 첫 문장만 시작하면 좋을 것 같은데. 그래도 수업은 호양에게 약간의 변화를 가져다주었다. 요즘 스스로에 대해 평소보다 자주 생각했고 자주 실망했으며 자주 웃었다.

심심해진 고무는 사진을 벽에 붙이기 시작했다. 빨랫줄에서 펄럭이는 옷들과 오래된 수동 재봉틀, 이가 맞지 않는 장롱, 틀니 보관함 따위의 할머니 물건을 찍은 사진이었다. 단조롭던 흰 벽이 알록달록하게 바뀌어 갔다. 고무는 사진을 붙이면서 할머니라면 뒷집 연기 할머니를 어떻게 해결했을지 생각해 봤다. 그냥 가만히 두었으려나?

고무는 얼마 전 생애 처음으로 은행 대출을 알아봤다. 호양을 위해 집 공사를 할 생각이었다. 거실 바닥을 파내서 온돌 공사, 도시가스 공사를 하고 마지막으로 거실 벽을 두껍게 공사해서 소음 차단을 할 계획이다. 내년 봄부터 직장을 다니면 고무 혼자서도 일 년 안에 충분히 상환할 수 있는 금액이었다. 고무는 늘 호양을 지켜 준다 생각했는데 엄마로부터 독립을 하고서야 오히려 자신이 호양에게서 보호를 받았다는 사실을 깨달았다. 그래서 현실적으로 지켜 줄 수 있는 방법을 찾아낸 것이 집 공사였다.

연기 좀 고만 내소! 세상에! 내사 어지러버서 바닥을 볼블 수가 없다. 어질어질 흔들흔들 쓰러질 거 같다.

느그덜 왜 이렇게 의리가 없어, 엉? 말을 수도 없이 했고 계절이 달라졌으면 당신들도 달라져야 될 거 아니가? 내 팔십 넘게 살아도 이런 연기 첨 본다. 연기가 우리 집으로 안 오도록 해도! 옆집에 다른 사람들도 사는데 느그만 사나? 경찰 부르까? 119 부르까? 내일 시청이랑 법원이랑 보건소로 찾아갈 낑께, 그리 알란 말이오. 젊은 사람들이 먹고살아야 되니까 성실히 일하는건 좋아요. 나도 자식을 키워 봤으니 안다고. 내가 자식을 넷이나 낳아 키운 사람이오….

연기 할머니의 화풀이가 또 시작됐다. 날이 갈수록 할머니의 출현이 점점 더 잦아지고 있었다. 요즘은 연기로 인한 고생담에 이어 자신의 이력을 함께 쏟아내고 있었다. 목소리는 빗소리에 묻혀서 평소보다 작게 들렸지만 분명 크게 내지르고 있었다.

—의리가 아니라 양심 아닌가? 바깥에 비도 오는데 그냥 들어가시면 좋겠는데….

자신의 말에 대답이 없어 뒤돌아보니 호양이 집중해서 뭔가 쓰고 있었다. 그 모습이 너무 진지해서 더 이상 말을 걸진 않았다. 잠시 후, 프린터에서 활자가 찍힌 종이들이 나왔다. 호양은 그것들을 들고 한 번 읽어 본

후 흰 벽에 붙이기 시작했다. 한 장은 빨간색, 한 장은 주황색, 한 장은 노랑색…, 글자들의 색상이 달랐다. 고무는 그것이 무어냐고 묻는 대신 글을 읽어 보았다. 연기 할머니가 내뱉고 있는 넋두리였다. 들리는 단어 그대로 받아쓴 내용이었다. 할머니의 가족 관계, 자식들이 대성해서 무엇을 하고 사는지가 적혀 있었고 옥상에서 솟아오르는 연기의 모양을 설명하거나, 자신의 방 창문으로 들어오는 연기를 막기 위해 어떤 노력들을 했는지도 적혀 있었다. 우리에게 하는 부탁, 협박, 욕설 등도 있었다.

빗소리에 맞춰 고무와 호양의 흰 벽 위로 무지갯빛 글자들이, 사진 속 물건들이, 빗방울처럼 가로로, 혹은 세로로 울퉁불퉁한 점선을 긋고 있었다. 아득한 데서 들리는 할머니의 목소리처럼 누군가의 이력 혹은 내력이 고무와 호양 집의 사방 벽을 타고 흘러들었다. 이 '누군가'는 한 사람인 것 같고 동시에 여러 사람인 것 같았다.

병

그때였다. 그 둘의 머리 위에 있는 쪽창이 드르륵,

열렸다. 그리고 무언가가 창문 안으로 던져졌다. 그것은 키 큰 고무의 머리를 맞혔다. 아야, 하고 고무가 머리를 쥐고 주저앉았다. 창문 밖에서 바닥에 엎드려 창 안을 들여다보며 욕을 하는 연기 할머니가 보였다. 희번덕거리는 눈을 하고서 내가 그렇게 말을 하는데 왜 아무도 듣지를 않냐, 소리를 지르고 있었다. 집 안으로 날아든 것은 죽은 나무뿌리였다. 나무뿌리가 쥐고 있던 젖은 흙덩이가 흐트러지면서 집을 엉망으로 만들어놓았다.

고무가 아씨, 하고 벌떡 일어섰다. 피는 나지 않았지만 머리 왼쪽에 혹이 생겨났다. 호양의 심장이 벌렁거렸다. 고무가 휴대전화를 꺼내 창문을 들여다보는 할머니를 찍고 방에 흩어진 흙을 찍었다. 고무가 그러는 동안 호양은 집을 돌아 나가 골목 계단을 비장하게 올랐다. 우산도 쓰지 않은 채였다.

할머니의 딸은 또 건성으로 미안하단 말만 했을 뿐 현실을 파악하지 못하는 분위기였다. 호양은 아주 낮지만 다소 떨리는 목소리로 이야기했다.

—아주머니. 어르신 얼굴을 보세요. 분명 병을 앓고 계시는 거예요. 병원에 모시고 가세요. 저런 몸으로 그

렇게 장시간 화를 내다니, 할머니 눈앞에는 지금 지옥
이 펼쳐지고 있다, 그런 생각 안 드세요? 아프신 분이
이렇게 행동하면 아주머니가 보호자니까 책임지고 나
서서 처리해야지요. 저희는 지금 몇 달째 제대로 된 생
활을 못 하고 있었습니다. 우리가 댁에 무슨 죄를 지었
습니까? 말씀해 보세요. 할머니보다 아주머니께서 문
제를 더 가지고 있네요. 할머니가 저희 집에 무슨 짓을
했는지 가서 한번 보세요.

　호양은 누군가에게 무언가를 조목조목 따지는 일
이 처음이었다. 그사이 경찰과 119 구급대원이 나란
히 할머니의 집으로 들어섰다. 경찰은 고무가 불렀고
119는 할머니가 연기 때문에 쓰러질 것 같다고 전화
를 건 상태였다. 할머니의 딸은 낯선 사람 여럿이 들이
닥치는 통에 놀라서 화를 냈다.

　—그쪽같이 젊은 사람들도 우리 같은 부모가 있을
꺼 아인가베. 이웃끼리 좀 봐주고 해야지.

　—아주머니, 저는 아주머니나 할머니 같은 부모가
없어요. 그리고 젊은 사람이라서 이런 부당함까지 참
아야 되는 건 아니잖아요?

　경찰은 상황 파악을 하고 딸에게 주의를 주었다. 경

찰에게 불러 주는 인적 사항을 계산해 보니 할머니는 1938년생, 여든을 훌쩍 넘긴 나이였다. 딸이 한사코 응급실에 가길 거부했지만 결국 둘은 병원으로 떠났다.

빛

사람들이 모두 떠나고 집을 향해 내려가려는데 동네 사람들이 집 밖을 살펴보고 있었다. 고무나 호양과 눈이 마주친 어떤 이웃은 '그동안 고생했다'며 괜히 아는 척을 하기도 했다. 평소 여러 가지 잡음 때문에 소란스러울 때는 코빼기도 보이지 않더니… 고무는 자신이 구경거리가 된 것 같다가, 동시에 할머니의 넷이나 된다는 자식들과 동네 사람들의 무심함에 치를 떨었다. 가깝거나 멀어서 생기는 무관심. 물론 고무 자신도 그 무심한 사람 중 하나였다.

돌아오다가 둘은 축대와 노란 집 사이의 좁은 통로에 들어가 보았다. 쪽창을 닫고 연기 할머니가 서 있던 곳에 서 보니 창문 안은 보이지 않고 자신들의 발과 뒤쪽 축대만이 유리에 반사되어 보였다. 자신들의 발목에는 거울에서 반사된 희미한 빛이 찍혀 있었다. 앞도

뒤도 벽뿐인데 할머니는 이곳에서 자신의 발만 보면서 벽을 향해 이야기하고 있었다.

그녀는 자신의 목소리를 망치 삼아서 자신의 발을 못처럼 벽에 대고 쾅, 쾅, 이야기를 붙박이는 사람이었다. 한 사람이 겨우 지나갈 만한 좁은 틈을 달빛이 통과할 때, 희미한 빛이 자신에게 반사되는 순간, 그녀는 한 번도 말하지 못한, 말할 수 없었던 자신의 이야기를 시작했다.

호양이 쓴, 첫 글의 첫 문장은 그렇게 시작되었다.

불

호양, 후회 안 해? 추위가 안 두려워?

두려워. 그래서 난로 놨잖아.

호양은 고무의 바닥 공사 선물을 거절했다. 겨울을 지내보고 힘들면 봄에 취직을 하면서 함께 돈을 모아 공사를 하자고 했다. 대신 다락에 있던 난로를 꺼내와 흰 벽 앞에 설치했다. 원래 쓰던 연탄난로를 버리고 장만한 지 얼마 안 된 화목난로였다. 둘은 장작을 사서 아주 추운 밤에만 불을 피우기로 했다. 인부를 불러 쪽창으로 굴뚝을 빼서 옥상까지 길게 연결했다. 이웃집에 연기로 인한 피해가 가지 않도록 애를 썼지만 연기 할머니 집에서는 모락모락 올라가는 연기가 아주 잘 보일 것이었다.

연기 할머니는 그 후 한 달째 보이지 않았다. 병원에 입원을 한 것인지 할머니의 몸은 좀 나아졌는지 몹시도 궁금해서 찾아갔는데 집에는 아무도 없었다. 호양과 고무는 주문한 참나무 장작이 도착하지 않아서 동네 뒷산으로 올라갔다. 그곳에서 죽은 나뭇가지를 주웠다. 피란민들이 산까지 올라와 만든 집터의 흔적이 아직도 곳곳에 남아 있었다.

집으로 와서 난로에 불을 피웠다. 불쏘시개가 될 만한 마른 낙엽과 잔가지로 불을 만들고 주워 온 나무를 넣어 가며 불길을 키웠다. 은박지에 고구마를 감싸서 군고구마 서랍에 하나씩 넣었다. 호양과 고무는 난로 앞에 앉아서 불꽃이 춤을 추는 것을 오랫동안 맹하게 바라봤다. 나무가 예상보다 빨리 타들어 갔다. 둘은 재활용 쓰레기 수거일에 내놓으려던 이면지와 휴지심 등의 종이도 태웠다. 호양이 흰 벽에 붙여 놓았던 연기 할머니의 이야기들을 떼서 난로에 넣었다. 무지개색 잉크가 불길에 모두 잡아먹히자 이번에는 할머니가 집 안에 던졌던 마른 나무뿌리를 넣었다.

태울 수 있는 모든 것을 태우고 나서야 고구마를 겨우 익힐 수 있었다. 둘은 흰 벽에 기대 앉아 고구마를 먹기 시작했다.

아, 달다.

한 줄 가느다란 연기가 희미하게 굴뚝 위를 그으며 날아갔다. 연기 좀 그만 내보내라는 연기 할머니의 고함 소리가 곧 시작될 것만 같았다. 호양과 고무는 언제든지 싸울 준비가 되어 있었다.

비로소, 사람

월요일의 곰

마늘이 짜잘하다. 백마흔아홉 번째, 금자가 같은 말을 반복했다. 이선은 속으로 이따위 마늘을 사 온 자신을 향해 저주를 퍼부었다.

…좋은 건 줄 알았지.

이게 좋아? 딱 봐도 짜잘해서 묵을 거 하나 없겠구만. 이 곰아─, 곰아. 니는 뭐 한 개 옳게 하는 게 없네. 커서 므으가 될래?

말을 그렇게 해 놓고 금자는 웃었다. 금자의 농담 방식이다.

므으가 되기는, 므가 돼? 이 마늘 다 줏어 묵고 사람이나 돼 뿔란다.

이선은 인상을 쓰고 진지하게 말했다. 이선의 농담 방식이다. 둘은 서로에게 구시렁거리며 마늘을 깠다. 마늘 향이 점점 더 짙어졌다. 안녕하세요, 옆방 할머니가 아주 공손하게 인사하며 들어왔다. 그러고서 방 여기저기를 기웃거렸다. 서랍을 열고 창문을 흔들어 보고 휴지갑을 들여다보고 곳곳을 들춰 가며 살폈다. 할머니가 그러는 동안 금자는 할머니를 도둑 보듯 주시했고 이선은 묵묵히 마늘을 깠다. 할머니는 살그머니 다가와 마늘 하나를 들고는 까기 시작했다. 그리고 이선에게 물었다.

마늘이 실하네. 어디서 샀어요?

이선과 금자는 조용히 할머니를 올려봤다. 그러자 할머니가 수줍게 말했다.

여기, 나가는 문을 도통 찾을 수가 없네. 밥할 시간이 다 됐는데. 늦었는데.

안선자 어르신, 와 보세요. 밖에서 누군가 할머니를 부르자 아이, 바쁜데 왜 자꾸 부르고 그래, 화내면서 할머니가 나갔다.

할머니가 나가자 금자가 위태롭게 다리를 움직여 침대 아래로 내려오려고 했다. 왜? 하고 이선이 묻자 금자가 대답했다.

똥.

누가 너에게 물어봐. 시간을 되돌려서 인생의 큰 전환점을 찾아갈 수 있다면 넌 언제로 돌아갈래? 엄마 젖먹을 때? 배 속에 있을 때? 언제라고 대답할래?

은선은 말이 없었다. 그저 묵묵히 밥만 먹고 있을

뿐. 다소 급하게 먹는 것 같았지만 이선은 말릴 수가 없었다. 말린다고 천천히 먹을 아이도 아니었다.

…누가 나에게 물어봐. 시간을 되돌리면 언제로 갈 거냐고. 그럼 나는 이렇게 답할 거야….

이선이 말하고 있는데 은선은 벌떡 일어나 저쪽으로 가 버렸다. 이선은 은선을 눈으로 좇으면서 이어 말했다.

사람 전으로, 쑥과 마늘을 먹기 전의 곰으로 돌아가고 싶다. 사람 따위 전혀 모르는 곰으로 살다가 곰으로 죽는 삶을 살아야지. 그렇게 못 한다면, 나는 만들어지기 전으로, 나라는 것의 씨앗이 발생하기 이전으로 돌아가겠다. 애초에 없던 사람 아니, 없던 곰이 되겠다. 겨우겨우 사람 모양으로 사람 구실 하고 살게 되었지만 감당해야 하는 일들이 벅차다. 지긋지긋한 하루에 빗금을 치며 오늘, 오늘을 보낸다. 이게 무슨 의미가 있는가. 돌아갈 수 있다면 어떤 것으로도 태어나지 않은 상태, 그 시간으로 돌아가겠다.

저벅저벅, 어두운 저편에서 발소리가 들렸다. 이선은 들고 있던 테이크아웃용 커피잔의 뚜껑을 덮었고 은선은 더욱 멀리 가 버렸다. 발소리가 이선 앞을 지나쳐 사라지자 이선은 은선이 사라진 방향으로 걸어가 보았다. 은선은 보이지 않았고 바닥 구석에 토사물이 보였다. 씹지도 않고 삼켰는지 이선이 은선에게 챙겨 준 밥이 온전한 형태로 게워져 있었다. 미련하다, 미련해. 이선은 조용히 은선을 부르다가 그냥 돌아섰다. 이 곰아—, 곰아.

월요일의 새

이선은 비둘기를 보았다. 다섯 마리가 병원 앞 흡연 구역 쓰레기통 주변을 기웃거렸다. 35도의 폭염이 쏟아지는 아스팔트 바닥을 분주히 오가며 바닥을 쪼아 댔지만 바닥은 깨끗했다. 몇몇 비둘기의 발가락이 한두 개씩 없었다. 도시의 비둘기는 쓰레기에서 나온 실이나 옥외광고물 등에 의해 발가락을 많이 다친다고 했다. 비둘기는 얼마 전 '하늘을 나는 시궁쥐'라는 오명을 쓰고 유해조수로 지정됐다. 평화의 상징이라는 말은 왜 붙였던 걸까. 평화 입장에서는 참 기분 나쁘겠다. 자신이 그렇게 쉬운 존재라서. 아니면 평화라는 것은 이 세상에 없는 말이라는 것을 새삼 알리려는 걸까.

이선은 가방에서 줄 만한 것이 있을까, 찾기 시작했다. 하지만 담배를 피우기 위해 걸어오던 사내가 획, 발길질을 하는 바람에 비둘기는 모두 날아가 버렸다. 이선은 비둘기 나는 것을 처음 본 사람처럼 한참 동안 비둘기를 올려봤다. 비둘기는 다리를 다쳤지, 날개를 다친 것은 아닌데 새삼 그것들이 날 수 있다는 것에 놀란 것이다.

금자의 담당 의사는 월요일과 수요일만 진료를 본다고 했다. 그나마 월요일은 오전 진료만 있었고 당일 접수로 몰려온 환자들로 대기실이 북적였다. 월요일은 이선의 쉬는 날이지만 쉬는 날이 아니게 되었고 환자는 금자였지만 금자는 대학병원에 오지 않았다. 담당 의사는 금자가 왜 오지 않았는지 묻지 않았다.

이선은 금자를 설명했다. 낮엔 가끔 몸을 못 가눌 때를 제외하고는 대화가 조금씩 되는 편이다. 하지만 밤이 문제다. 새벽에 고함을 지르며 잠에서 깬다. 꿈과 현실을 혼동한 데서 비롯한 말들을 늘어놓는다. 서럽게 운다. 온돌방에 재우면 의식 없이 방 안을 위태롭게 걸어 다니며 전기선을 뽑거나 손에 잡히는 것들을 부러뜨린다. 침대에 묶어 놓고 재우면 침대에서 자꾸 내려오려고 다리를 위태롭게 난간에 걸쳐서 멍이 든다. 약을 먹어도 변비가 나아지지 않는다. 또….

두 달 전 설명과 달라진 것이 거의 없었다. 이선은 말하면 말할수록 금자가 아닌 다른 무언가를 만들어 내는 기분이었다. 하금자 씨는 지금 무엇으로 변신하고 있을까요. 부산시 진구 연지동 41-1번지에 거주하던 하금자 씨는 어디로 갔을까요. 이선은 그것이 가장 궁금했지만 담당 의사에게 묻지 않았다. 의사는 파킨슨, 조울증, 치매, 수면, 변비 등에 필요한 약을 조절했다. 조절이라고 했지만 용량만 조금씩 바뀔 뿐, 하루 여섯 번 먹어야 하는 약은 그대로다.

이선은 예약 시간보다 한 시간 가까이 더 기다려서 십오 분 진료를 본 후 다시 두어 시간 동안 조제약을 기다려야 했다. 이제 막 점심시간이 시작된 시각이라 더 오래 기다려야 할지도 몰랐다. 이선은 병원 내부에 있는 약국 앞 의자에 앉아 챙겨 온 카디건을 걸쳐 입고 바깥의 거리를 내다보았다. 에어컨이 돌아가는 서늘하고 어두운 이곳과 매미가 맹렬하게 울어대는 뜨겁고 환한 바깥은 전혀 다른 체계로 돌아가는 세계였다.

처음 대학병원 진료를 받기 시작하던 때에 이선은

금자와 함께였다. 진료를 받고 병원 외부 대형 약국에서 율무차나 요구르트를 얻어 마시며 한낮의 햇볕을 무료하게 내다보곤 했다. 지금은 정신과 약이 있어서 외부 약국에서 약을 받을 수 없다. 금자도, 햇볕도, 율무차도 없이 내부 약국의 약을 기다리며 이선은 생각했다. 그땐 약봉지에 적힌 '빠른 쾌유를 바랍니다.'가 금자에게 적용되어 회복되는 것이 가능한 일인 줄 알았는데.

진료내역계산서에 적힌 번호를 다시 확인했다. 6049. '아래 환자 분은 약국 앞으로 오십시오.'라 적힌 대형 모니터에 6049번이 뜨기를 기다렸다. 6924 6985 7002 7055. 이미 칠천 번 대의 번호가 지나가고 있었지만 6049는 아직 뜨지 않았다. 이선은 혼자 '6049 하금자 님'을 기다렸다. 영원히 올 것 같지 않은 6049. 온다고 해도 결코 이선의 것이 될 수 없는 6049.

회복이라는 말은 허구가 아닐까. 사람의 몸을 두고 원래의 좋은 상태로 되돌리거나 원래의 상태를 되찾는 일이 가능한 일일까, 이선은 생각했다. 가까스로 이전과 비슷해질 뿐 미세하게 변화된 무언가가 있지 않을까. 몸에 충격이 가해지면 내부, 외부 모두에 흉터가 남으니까. 다친 사람은 보이지 않는 그 흉터를 계속 감각한다. 이선은 금자를 보면서, 금자를 둘러싼 일들을 겪으면서, 매일을 살아내면서, 보이지 않는 흉터들을 확인했다. 사람이 태어나면 죽을 때까지 '망가졌다가 약간 부족한 상태로 돌아가는 것'을 되풀이하다가 결국 온전히 망가지겠지.

　뭘 줏어 처먹고 토했을까.

　금자는 삼십분 째 나올 생각은 않고 변기 위에 앉아서 지난밤 토했다는 은선에 대한 이야기만 반복했다. 간호조무사는 금자의 두 달치 복용 약을 분류하고 있었고 요양사들은 환자 기저귀를 갈고 있었다. 이선은 의료용 위생장갑을 두 장 꺼내 오른손에 겹쳐 꼈다. 화장실에 들어가 왼손으로 금자의 아랫배를 누르기 시작했다. 장애인용 손잡이를 두 손으로 잡고 엉덩이를 살짝 든 채로 허리를 숙인 금자가 끙끙거렸다. 이선은 장갑을 낀 오른손으로 금자의 항문에 걸려 나오지 못하는 똥을 파냈다. 퐁. 아이 주먹만큼 크고 동그란 덩어리가 변기 속으로 빠졌다. 약 때문에 똥은 연한 살구색에 가까웠다. 금자가 다시 배에 힘을 주는 동안 이선은 레버를 눌러 화장실 물을 흘려보냈다. 금자의 대변은 돌처럼 딱딱하게 굳어서 달그락 소리가 날 정도였다. 그런 것을 한꺼번에 모아 물을 내리면 변기는 막히기 십상이다.

다 눴다는 금자의 말을 듣고 이선은 뒤처리를 하고 금자를 휠체어에 앉혔다. 등에 땀이 솟았다. 금자를 내보내고 이선은 화장실로 돌아왔다. 두 개의 똥 덩어리가 물속에 가라앉아 있었다. 언뜻 보면 커다란 달걀 같았다. 나이 많은 닭이 낳았을 가능성이 높다는 '왕란'. 이선이 없을 때의 금자는 기저귀를 차고 누워서 저 알을 낳는다.

하금자 씨는 새로 변신하려나. 걷지도 못하면서 날지 못하는 닭 따위가 되어서 어쩌자고.

이선은 레버를 돌렸다.

월요일의 모기

요양원 7층 잠금장치를 열고 들어서던 이선은 금자가 '잇찌'라 외치며 요양사의 팔을 탁, 하고 때리는 것을 보았다. 금자 쪽으로 팔을 뻗다가 한 대 맞은 요양사가 실눈을 뜨고 쿡쿡 웃었다. 얼마 전까지 금자가 있는 7층 근무자였는데 순환근무 때문에 9층으로 이동했다고 했다. 요양사는 이선의 표정을 살피며 농담을 던지다가 9층으로 떠났고 이선은 금자에게 왜 화가 났냐고 물었다. 금자는 빨리 집에 가자고만 보챘다. 오늘은 또 어떤 말로 금자를 이곳에 남겨 두어야 하나, 고민하며 이선은 꽈배기 빵을 금자 손에 쥐어 줬다. 이선의 휴대폰이 문자 메시지 알람을 울렸다. 지난달 금자의 요양비가 얼마인지 적혀 있었다. 지난주에 대학병원의 약값으로 기십만 원을 냈는데 돈 나갈 구멍이 또 생겼다. 이선 월급의 육십 퍼센트 이상이 금자에게 들어갔다. 이선은 통장 잔액이 얼마나 되는지 확인하려고 스마트폰의 은행 앱을 눌렀다. 그때 탁, 하고 금자가 이선의 가슴을 때렸다.

아, 왜?

이선은 자신도 모르게 금자에게 신경질적으로 쏘아붙였다. 금자는 양팔을 모으며 주눅 든 얼굴로 '모기…'라 중얼거렸다.

아, 그런 거였네.

문득 이선은 다른 방향의 일을 깨닫게 되었다. '잇

찌'는 '찌찌'를 급하게 발음한 거구나. 언젠가 요양원에서 만난 옆자리 보호자에게서 환자의 젖꼭지를 꼬집는 요양사가 있다고 들었다. 그 보호자는 우리나라 간병사, 요양사 처우가 나쁘다, 우리나라 사람들은 인권에 대한 인식이 부족하다, 그런 말들을 장황하게 늘어놓았다. 그러다가 마지막에 이렇게 덧붙였다. 하지만 싫은 소리 하면 일주일 내내 우리 엄마를 제대로 안 돌봐 줄까 싶어서 고민해요. 내 새끼 보내는 어린이집도 똑같아요. 돈 내는 죄인, 그거예요.

요양사는 금자의 가슴에 장난을 쳤다. 그것도 모르고 이선은 그 요양사를 향해 꾸벅 인사를 했다. 금자의 헐렁한 환자복 상의 속에는 아무것도 입고 있지 않는데 새삼 그것이 이선을 화나게 만들었다. 피를 빤 모기는 이미 도망가고 없는데 이선은 손톱을 세워 가슴을 긁었다.

이선은 말했다.

내가요. 나쁜 일들을 겪었어요. 흔하다면 흔할 수도 있고 드물다면 드물 수도 있는 일. 다른 사람도 겪긴 했지만 왜 하필 내게 일어났나, 물으면 아무도 답할 수 없는 그런 일. 그 뒤로 하나의 꿈을 자주 꿔요. 어떤 꿈이냐면요, 더러워요. 그곳은 캄캄해요. 사방이 캄캄하고 조용한데 주변에 다른 사람들이 있다는 건 알아요, 꿈이니까.

어디로 가야 하는지 몰라서 칠흑 속에 가만히 서 있는데 갑자기 내 입안에 뭐가 들어와요. 차갑고 축축하고 물컹한. 끈적끈적한 침이 담긴 혓바닥. 체취가 느껴지는 사람의 혓바닥이 내 입안을 휘저어요. 그 혀가 순식간에 내 잇몸을 훑고 이뿌리를 건드리고 내 혀를 감아요. 깜짝 놀라서 밀쳐내고 입을 닦는데 팟, 하고 불이 들어와요. 다 같이 짠 것처럼 뒤늦게 팟. 그리고 다 같이 짠 것처럼 사람들은 아무 일도 없었던 표정으로, 아무것도 모른다는 표정으로, 자기 일을 봐요. 걷거나 얘기 나누거나. 그 혀의 주인이 누구인지 나는 알 수가 없어요. 주변을 둘러보면 다 내가 아는 사람이에요. 동시에 다 모르는 사람이에요. 범인을 잡을 수가 없어요. 누군가에게 하소연하기도 두려워요. 그 사람이 범인일까봐. 나는 겉보기에 정상이므로, 아무도 이 일을 목격하지 않았으므로, 나쁜 일을 당했다는 어떤 증거도 내보일 수가 없어요. 어느 것 하나 논리적으로 정리할 수 있는 것이 없어요. 결국 나는 나를 의심해요. 아무 일도 일어나지 않았던 것 아닐까. 아니면 다들 똑같이 당했는데 나만 이렇게 과하게 힘들어하며 사는 것 아닐까. 그러다 보면 잠에서 깨요. 이 경우, 나는 다친 걸까요? 회복의 범주에 드는 걸까요?

엥, 엥, 하는 소리에 이선은 눈을 떴다. 꿈이었다. 꿈에서 꾼, 꿈을 설명하는 꿈. 눈도 못 뜨고 방금 꾼 꿈이 몇 겹으로 이루어졌는지 기억을 더듬는데 자기도 모르게 오른쪽 손가락을 긁고 있었다. 일어나서 불을 켰다. 벽에 통통하게 피를 빤 모기 한 마리가 붙어 있었다. 손바닥으로 모기를 쳤다. 모기가 터지면서 이선의 것으로 짐작되는 피가 벽지에 묻었다. 휴지에 침을 뱉어서 벽지를 문질렀지만 붉은 얼룩은 이미 배어 버렸다. 이선은 자신의 손가락을 다시 긁다가 감각이 이상해서 손을 내려 봤다. 긁었던 자리에서 좀 더 떨어진 자리가 모기에 물려 부어 있었다. 이선은 엉뚱한 자리를 긁고 있었던 것이다. 이선은 피가 묻은 흰색 벽지를 바라보며 고개를 갸웃했다. 저 피가 다른 사람의 피면 어떡하지? 내피가 다른 집의 벽에 얼룩으로 남게 되면 어떡하지?

월요일의 은선

이선은 집으로 오자마자 찬물에 밥을 말아 저녁으로 먹었다. 낮 동안의 열기가 아직도 식지 않아 집 안의 모든 것이 뜨거웠다. 배낭을 메고 나와 문을 잠그다가 다시 안으로 들어가 씻어서 말려 놓은 카페 테이크아웃용 종이컵을 챙겼다. 대학병원 카페 휴지통에서 주워 온 것들이었다.

평소보다 늦은 터라 이선은 걷는 대신 버스를 타고 세 정거장을 이동했다. 금자와 함께 살던 집으로 가는 길이었다. 정확히는 집 근처. 금자가 병원과 요양원을 들락거리는 동안 이선 가족이 세 들어 살던 집이 팔렸다. 서른, 이선의 나이만큼 살던 집으로 금자는 그곳에서 옷 수선 가게를 운영했다. 근처에 대규모 공원이 조성되자 건설사에서 공원 조망이 좋은 자리를 사들이기 시작했다. 집값은 날로 높아져서 이선은 나고 자란 동네에 집을 얻지 못했다.

이선이 살던 집을 포함해 다섯 채의 건물이 있던 자리는 싹 밀어 버려 폐허가 됐다. 도시형 생활 주택과 오피스텔을 광고하는 현수막, '주민 생계 위협하는 공사를 중지하라'고 적힌 현수막이 마을 곳곳에 붙어 있었다.

이선은 자신이 살던 집 자리에 세워진 공사장 가림막과 그 앞에 댄 차 사이를 들여다보았다. 역시, 은선이 있었다. 이선은 가방을 열어 바닥에 은선의 밥을 놓았다. 은선이 밥을 먹기 시작했다. 까드득, 까드득, 밥 먹는 소리를 듣고 저 멀리서 검은 은선이 조용히 다가왔다. 이선은 검은 은선에게도 밥을 챙겨 주었다. 모두 금자가 챙기던 아이들이었다. 은선이 밥을 먹는 동안 이선은 봉지에 들어 있는 밥을 벤티 사이즈 커피 컵에 부었다.

컵을 들고 길을 걷는 이선의 옆으로 자동차들이 지날 때마다 길가에 세워 놓은 차 아래로 불빛이 들이쳤다. 그 빛에 반사된 은선들이 둥글게 웅크리고 앉아 있었다. 이선은 둥근 자리마다 컵에 들어 있는 밥을 슬쩍 부었다. 이선이 지나간 자리에서는 까드득, 까드득, 밥 씹는 소리가 났다. 가끔 행인을 만나면 이선은 커피 컵의 뚜껑을 닫고 커피를 마시는 척했다.

'은선'은 금자가 키우던 암고양이다. 노란 무늬에 꼬리 끝만 하얀 털을 가졌다. 금자는 옷 수선 가게에서 대부분의 시간을 은선과 보냈다. 자그마치 십 년 동안. 대학을 다니던 시절에 이선은 길에서 영양 상태가 부실해 보이는 새끼 고양이를 '술김'에 사 왔다. 금자는 노발대발하며 반대했지만 새끼를 밖에 내칠 수는 없어서 결국 마당에 두고 쥐잡이 용도로 키우자고 합의를 봤다. 하지만 이선이 고양이에 대해 이것저것 공부하면서 은선은 실내로 들어왔고, 사람 먹던 잔반이 아닌 사료를 먹었으며, 돈 주고 산 고양이 전용 모래에서 용변을 봤다. 이선이 그렇게 키워야 된다고 주장했지만 결국 은선에게 들어가는 비용은 대개 금자의 몫이었고, 은선에게 마음을 쏟는 일도 금자가 해냈다. 늘 저지르는 것은 이선이고 수습하는 것은 금자였다. 그래서 이선은 누군가를 돌보는 일이 이렇게 힘든 일인 줄 지금껏 몰랐다.

금자는 가게 앞에 화분을 놓고 키웠고 그 화분 사이에 길고양이를 위한 밥도 놓았다. 밤사이 누가 화분을 훔쳐 가거나 고양이 밥그릇 안에 고춧가루가 뿌려진 것을 발견하면 금자는 소리를 지르며 허공에 대고 욕을 했다. 그렇다고 금자가 도덕적으로 무결한 사람은 아니었다. 손님 옷 주머니에서 천 원짜리가 나오면 모른 척 챙겼다가 이선에게 용돈으로 줬고 가게에 모인 동네 여자들과 손님 뒷담화를 하기도 했다. 금자에게는 이선과 은선과 화분 고양이 등등을 키우는 일이 습관인지도 몰랐다.

은선은 금자가 병원에 입원하기 석 달 전에 죽었다. 그 후로 금자는 자신의 집을 찾아오는 모든 고양이를 '은선'이라고 불렀다. 처음에 이선은 그것이 은선에 대한 금자의 애도 방법이라 생각했다. 어느 날 키우던 은선과 전혀 다른 생김새를 한 길고양이에게 밥을 주고 돌아서던 금자가 울먹이며 이선에게 말했다.

은선이가 와 그랄꼬. 닭가슴살도 삶아 줬는데 왜 내한테 안 올꼬.

지금까지도 금자는 자신이 키우던 것들이 온전히 남아 있다고 알고 있다. 은선, 화분, 길고양이, 살던 집, 그리고 이선까지, 전부 사라지거나 변한 것을 몰랐다. 알던 날도 있었으나 대부분은 연지동에 살던 집을 떠올리고 자신이 키우던 은선을 말했다. 월요일마다 이선이 금자를 찾아오면 금자는 은선에 대한 소식부터 물었고 저녁은 무얼 먹나 식재료를 고민하고 외상값을 따졌다. 어떤 습관은 이렇게 무섭다. 이선은 금자가

챙기던 은선을, 길에서 만난 새로운 은선을, 금자의 은
선이로 바꾸어 말했다.

밤길을 걷던 이선은 발을 멈췄다. 저 멀리 가로등
아래 앉아 있는 노란색 은선이 눈에 들어왔기 때문이
다. 금자가 키우던, 이선의 여동생 은선과 흡사했다. 은
선은 상체를 세운 스핑크스 같은 자세였는데 어딘가
기묘했다. 겁이 많은 동물이 눈에 잘 띄는 자리에 앉은
것도 이상했지만 무엇보다 실루엣이 낯선 굴곡이었
다. 유심히 살펴보던 이선은 자기도 모르게 한 걸음 뒤
로 물러섰다. 누군가 국자로 떠낸 것처럼 은선의 등이
패여 있었다. 혐오, 학대, 캣맘 상해, 여러 가지가 머릿
속에 떠올랐다. 이럴 땐 어떻게 해야 할까. 경찰에 신고
를 해야 하나. 이선은 주변을 두리번거렸다. 아무도 없
었지만 누군가 자신을 보고 있는 기분이었다. 천천히
은선 쪽으로 걷기 시작했다. 은선은 어딘가를 한참 주
시하다가 늦게 인기척을 느끼고 황급히 고개를 이선
쪽으로 돌렸다. 도망가기에는 이선과 거리가 너무 가
까워져서 당황한 은선은 바닥에 납작 엎드렸다. 은선
의 상처는 생각보다 크고 깊었다. 참혹해서 어떻게 살

아 있는 것인지 신기할 정도였다.

이선은 천천히 몸을 움직여 구석으로 가서 사료를 부었다. 손이 떨렸다. 천천히 일어나 조금씩 뒤로 물러났다. 은선은 이선이 움직이는 틈을 타 도망을 가려다가 멈칫했다. 사료 냄새를 맡은 것이다. 코를 씰룩이며 먹을 것을 급히 찾기 시작했다. 밥자리를 알아챈 은선은 조심스럽게 다가와서 사료를 먹기 시작했다. 캣맘의 밥을 먹어 본 경험이 있는 아이였다. 금자가 주는 밥을 먹었을지도 모른다. 이선은 은선을 구조해야 할지, 어디로 어떻게 데려가야 할지 대책이 서지 않아 고민했다. 백팩에 고양이를 넣으면 가만히 담겨 있을까. 이 시간에 문을 여는 이십사 시간 동물병원은 어디에 있을까.

그러다 이선은 은선을 살릴 만한 돈이 자신에게 없다는 것을 깨달았다. 동물보호소에 신고를 하면 치료는커녕 잡혀가자마자 안락사 당할 것이 뻔했다. 치료비가 얼마나 나올까, 치료는 가능할까, 카드로 결제를 하면 다음 달 생활비는 어떻게 해야 할까, 고민하는데 저 멀리서 사람의 목소리가 들렸다.

…마세요.

…주지 마세요.

이선은 황급히 고개를 들어 소리가 나는 곳을 찾았다. 길 저쪽 끝에서 두 사람이 달려오고 있었다. 이선은 일어섰고 은선은 도망을 갔다.

아이… 씨, 그 고양이 밥 주지 마세요!

놀란 이선은 도망쳤다. 길고양이 밥을 챙기기 시작하고 처음으로 고양이 밥 주지 말라는 경고를 들었다. 이선은 뛰면서 눈물을 찔끔 흘렸다.

월요일의 흡혈귀

은선이 집에 없다.

이선은 말실수를 했다. 금자가 자꾸만 집으로 돌아가야 한다며 은선과 화분 이야기를 반복하자, 짜증이 나서 불쑥 내뱉은 것이다. 황급히 병원에 있다고 둘러댔지만 금자는 어디가 아프냐고 꼬치꼬치 캐묻다가 까던 마늘을 이선에게 던졌다.

아이고, 이 곰아, 곰아. 여기를 왜 왔노? 은선이한테 가야지.

금자는 어서 집에 가자며 신발을 찾았다.

서원갑이 그 새끼가 고양이만 보면 죽이네, 살리네, 벨소리를 다 하드만 내 그거, 그랄 줄 알았다. 그 놈이 그랬을 끼다. 이 새끼, 내가 조져야지.

은선이 그냥 어디에 긁힌 거라서 약 바르고 주사도 맞았다. 나중에 병원에 들러서 은선이 데리고 집에 가면 된다. 가만히 있는 서원갑이 아저씨는 와 죄인으로 만드노? 웃기는 아줌마네.

그제야 금자는 바르게 앉았다.

진짜 괜찮나? 가게에 있다가도 서원갑이가 오면 은선이는 방으로 냅다 도망간다. 내 다 안다. 금마 그거 걸리기만 걸리라, 내 베루고 있다.

아지매요. 은선이 걱정 끄고 낫기나 나으소. 안되겠으면 마늘이나 까든가.

…이기 잘 안 까지네. 니가 이래 짜잘한 것만 사 와서 그렇다 아이가.

아까부터 금자는 마늘 한 알과 씨름 중이었다. 병이 깊어지면서 글씨를 점차 알아볼 수 없게 쓰던 금자는 바느질도 할 수 없게 되었다. 이선이 바른 글씨 연습용 노트를 사다 줬지만 금자는 자괴감만 느껴서 어느 날 그 공책을 찢어 버렸다. 이선은 금자를 만나러 올 때 마

늘이나 고구마 줄기 같은 다듬을 채소를 소량씩 챙기곤
했다. 하지만 금자는 계속 변하고 있다. 한 가지 일에 집
중해서 하는 일이 없었다. 음식 하는 법을 거의 잊었고
좋아하던 텔레비전 프로그램 〈전국노래자랑〉을 켜 놔
도 보지 않았다. 가끔 몸에 약효가 돌지 않으면 삼키는
것이 힘들어서 폐렴에 걸려 살이 쑥 빠진 적도 있고, 피
해망상 때문에 요양사의 손을 비틀어 다치게 한 적도
있다. 이선을 다른 사람으로 오인해서 무시무시한 욕을
하거나 딸이 부정한 짓을 저질렀다는 망상 때문에 하루
종일 잔소리를 했다. 이선은 금자가, 금자 아닌 무엇으
로 변해서, 금자를 영영 잃어버릴까 봐 두려웠다.

요양원 간호부장이 이선에게 면담 요청을 했다. '앞
으로 요양원에서는 침대 고정 끈을 못 쓰게 되었다. 이
주 안에 금자를 고정 끈을 쓸 수 있는 병원으로 모시든
지 집으로 모시라.' 그런 내용이었다. 고정 끈을 못 쓰
면 낙상 위험이 있으니 온돌방으로 옮겨야 된다. 하지
만 금자는 여기저기 돌아다니며 자기 물건이라고 우
기는 통에 다른 환자와 싸움이 생기거나 위험한 일이
발생한다. 야간에 근무하는 요양사가 두 명밖에 없는

데 금자만을 쫓아다니며 돌볼 수는 없다고 했다. 그러면서 말을 덧붙였다. 요양원과 함께 운영되는 요양병원으로 가신다면 입원비 할인을 요청할 수 있다고.

요양원의 통보를 듣자마자 이선은 요양병원에 전화를 걸어 입원에 필요한 이런저런 사항들을 물었다. 병원비는 할인이 되어도 부담이 컸다. 이선의 침묵에서 망설임을 읽어낸 요양병원 상담원이 말했다.

병원에 입원해서 약물 치료도 하고 병원 적응도 시키다 보면 환자 힘이 빠집니다. 기운이 빠지면 그때 요양원으로 다시 모셔도 됩니다. 보호자님, 우리가 장기적으로 생각해서 대처해야 하지 않겠습니까.

집으로 돌아가는 지하철 안에서 이선은 에어컨 바람을 막기 위해 카디건을 꺼내 입었다. 카디건 주머니에 손을 넣어 보니 마늘이 몇 알 들어 있었다. 금자와 함께 깐 마늘이었다. 껍질이 붙은 것이 많이 보였다. 이선은 마늘의 남은 껍질을 벗겨내며 금자를 병원으로 옮기는 것에 대해 생각했다.

금자가 힘이 빠진 채 맹하게 누워 있다면 그것은 과연 금자일까. 금자가 요양원에 입소하고 얼마 지나지 않아 금자의 친구들이 문병을 온 적이 있다. 친구들은 금자의 헛소리에 당황하면서도 아무렇지 않은 척 대답하다가 눈물을 몰래 찍어내곤 했다. 헤어지는 인사를 나누고 있는데 친구 모임의 총무를 맡은 여자가 이선에게 금자 간식비로 쓰라며 돈 봉투를 쥐어 줬다. 낯빛이 어두운 그 여자는 이선에게 조용히 속삭였다.

이게 뭐, 피 빨아 묵는 귀신도 아니고 돌아서면 돈 나가는 게 일인 기라. 피가 바짝바짝 마른다. 아직 살날이 많은 니가 고생이다.

그 여자는 시부모의 간병을 오랫동안 한 경험이 있었다.

하금자 씨는 흡혈귀로 변하나. 그래서 밤에 잠을 안 자는 건가.

이선은 까던 마늘을 주머니에 넣고 폰을 꺼내 '흡혈귀'를 검색해 봤다. 흡혈귀에 대한 정의를 읽어 본 이선은 피식, 웃었다. 흡혈귀를 쫓는 것은 마늘이라는데 이선과 금자는 하루가 멀다 하고 마늘을 까질 않나. 단군 신화 같은 그런 것일까. 인간이 되기 위해 마늘을 삼킨 곰처럼 흡혈귀는 인간으로의 변신을 위해 마늘을 까는 수련을 하고 있는 것일까. 웃고 나서 외로워진 이선은 혼자 중얼거렸다.

흡혈귀는 평안도 안식도 없다는데 나는 뭐냐, 금자 씨는 뭐냐, 당신은 뭐냐. 우리는 누구의 피를 빨아 먹기에 이렇게 평안도 안식도 못 느끼고 사냐.

이선의 주머니에는 희고 둥근 마늘이 부적처럼 담겨 있었다.

월요일의 고양이

요양원에서 독촉을 하는 바람에 금자는 주말을 넘기지 못하고 요양병원으로 옮겼다. 이선이 회사 밖으로 나올 수가 없어 요양원과 요양병원 직원에게 일처리를 일임했다. 낯선 사람들이 금자의 물건을 함부로 만지고 금자를 다른 곳으로 이동시키는 바람에 금자는 불안해졌다. 이선이 주말 저녁에 병원에 들르자 금자는 온돌방에서 자기 물건을 사람들이 훔쳐 갔다며 화를 냈다. 이선이 없을때에는 비틀거리는 몸으로 다른 사람의 서랍에서 물건을 꺼내 챙겼고 그 물건의 주인과 실랑이를 벌였다. 이선이 월요일 낮에 병원에 갔을 때, 금자는 침대방으로 옮겨져 있었다. 허리에 파란색 줄이 묶인 채였다.

이선은 금자를 묶은 줄을 보고서 묘한 감정을 느꼈다. 처음 요양원에 입소하고 며칠 뒤, 줄에 묶인 금자를 보고 충격을 받았다. 서글픈 마음에 면회를 간 동안은 줄을 풀어 놓았고 집으로 돌아가기 전에는 요양사 몰래 줄을 느슨하게 묶어 상체는 편하게 움직일 수 있도록 했다. 시간이 흐르자 어느새 줄에 묶인 금자를 보는 일이 익숙해졌다.

줄에 묶여서는 안 된다는 조건 때문에 쫓겨나다시피 병원으로 옮겨지자 이선은 금자가 묶이지 못하는 일이 오히려 아쉬웠다. 파란색 줄이 금자의 허리에 감겨 있는 것을 본 이선은 자신도 모르게 안도의 한숨을 내쉬었다. 그리고 그런 자신에게 깜짝 놀랐다.

사흘 연속 비가 내려 더위가 한풀 꺾였다. 병원으로 옮긴 금자는 자신이 먹을 밥과 물에 이상한 약을 탔을 거라는 의심을 하고 아무것도 먹지 않으려 했다. 이선은 금자를 달래느라 진을 빼고 집으로 돌아왔다. 피곤했지만 집 안의 고요를 참을 수 없어 배낭을 챙겼다. 지난 이틀간 폭우가 내려 고양이 밥 주는 일을 나가지 못했다.

이선은 등을 다친 은선을 만났다. 처음 만난 자리 근처의 공터에서였다. 은선은 뜻밖에도 철창에 갇혀 있었다. 먹이로 유인해서 고양이를 포획하는 덫이었다. 철창에는 중성화 사업을 알리는 지자체 알림장 같은 것이 전혀 붙어 있지 않았다. 중성화 사업을 진행한다는 거짓말로 길고양이를 포획한 후 고양이 중탕 집에 마리당 오천 원씩 받고 팔던 사람이 얼마 전 잡혔다. 그는 포획한 고양이를 끓는 물에 산 채로 넣어 죽인 후 털과 내장을 제거해 건강원에 넘겼다고 했다.

이선이 철창에 다가가자 은선이 하악—, 하고 위협하는 소리를 냈다. 이선은 철창문을 열려고 했지만 쇠가 단단했고 은선이 발톱을 세워 저항하는 바람에 쉽게 열지 못했다. 철창을 들어 보니 꽤 무거웠다. 잠시 고민하던 이선은 폰을 꺼내 야간에도 갈 수 있는 동물병원을 검색했다. 그러고 있는데 저쪽에서 발소리가 들렸다. 이선은 철창 손잡이를 꽉 쥐고 납작 엎드렸다. 어? 하는 남자의 목소리가 뒤에서 들렸다. 이선은 철창을 들고 뛰기 시작했다.

곰이 사람 구실도 못 하면서 사람 하는 짓은 다 따라 하네. 그러니 사는 게 피곤하지!

이선은 철창이 무거워 휘청거리면서도 중얼중얼, 자신을 욕하며 뛰었다. 뒤에서 누가 쫓아왔다.

좁은 골목은 대개 막다른 길이라 이선은 큰길로만 뛰었는데 잘 아는 곳이라 생각했던 동네가 새삼 낯설었다. 가로등은 켜져 있었지만 곳곳이 공사 중이라 어둡고 인적 드물었다. 뒤에서 잠깐만요, 잠깐만요, 하고 외치며 누군가가 따라왔다. 이선의 심장 소리가 너무 커서 뒤에서 부르는 사람이 남자인지 여자인지 분간도 되지 않았다. 숨이 턱까지 차오른 이선은 무거운 철창을 왼손으로 옮겨 쥐고 오른손을 주머니에 넣었다. 경찰에 신고할 생각이었다. 하지만 전화기가 없었다. 대신 마늘 몇 알이 만져졌다. 이선은 불안한 마음에 뛸 때마다 엄지손톱으로 그 마늘을 꾹꾹 눌렀다. 마늘 즙이 조금씩 흘렀는데 손톱 밑이 따가웠다. 이선을 쫓아오던 사람이 이선의 왼팔을 붙들었다. 이선은 주머니의 마늘을 꺼내 그의 얼굴을 향해 던졌다.

월요일의 사람

고양이의 응급 처치가 진행되는 동안 이선은 대기

실에 앉아서 기다렸다. 몸살이 온 것처럼 온몸이 아팠다. 길고양이 밥을 어쩌다가, 왜 챙기게 되었는가, 생각했다. 고양이와 함께 하는 일에는 돈이 들고, 시간이 들고, 마음도 든다.

이사를 하고 일주일쯤 후에 이선은 살던 집이 궁금했다. 퇴근을 하고 그곳에 들른 것이 잘못이었다. 금자와 함께 밥을 챙겨 주던 고양이들이 집 근처에 있다가 이선을 보고 반갑게 뛰어와 울었다. 그 뒤로 이선은 일주일에 한두 번씩 사료를 챙겨 집 근처를 찾았다. 물론 바쁘거나 피곤한 기간에는 몇 주씩 가지 않기도 했다. 하지만 등을 다친 고양이를 만난 후로 이선은 살던 집에 찾아가는 일이 신경 쓰였다. 그래서 배낭을 자주 챙겼고 등을 다친 은선을 찾아다닌 것이다.

응급 처치가 끝났는지 남자와 여자가 진료실에서 나왔다. 남자는 세수를 하겠다고 화장실로 갔다. 이선은 미안한 마음에 머쓱한 표정으로 바닥만 봤다.

마늘을 던진 이선은 바닥에 주저앉았다. 소리를 크게 지르고 싶었지만 아무 말도 나오지 않았다. 입안이 바짝 말랐다. 이선을 붙든 남자 역시 거친 숨소리만 내쉴 뿐 아무 말도 하지 않았다. 잠시 후, 이선이 지나쳐

온 길에서 여자가 한 명 달려오고 있었다. 여자도 헐떡거리면서 잡았어? 잡았어? 하는 말만 반복했다.

여자는 철창을 들여다보며 아이고, 우리 노랑이 놀랐네. 미안하다, 했다. 그리고 이선에게 휴대전화를 내밀었다. 이선의 것이었다.

사람이 불러도 대답도 안 하고, 그렇게 들고 뛰니까 놀랐잖아요. 우리가 얘 구조하려고 한 달 반을 고생하고 있었는데…. 고양이를 도둑질하면서 폰은 버리고 가고.

도둑이라니요. 길에 사는 애가 주인이 어디 있어요? 고양이 잡아서 뭐하실 건데요?

이선이 뾰족한 목소리로 물었다.

뭐하긴, 뭐해요. 얘 등 좀 보세요. 살이 썩고 있는데 병원에 데려가야지.

고양이 챙기는 분이 어떻게 고양이 밥 주지 말라고 소리 질러요?

아, 그때 그 분이구나. 얘가 두어 달쯤 전부터 이러고 다니는데 잡히지가 않아서 애먹었어요. 배가 고프면 철창에 먹이를 먹으려고 들어갈 테니까 기다리는데 그쪽이 밥을 주잖아요. 그거 먹으면 철창에 안 들어

가니까 그랬죠. 아 씨, 나 왜 고생하고도 혼나는 기분이
지? 철창 주세요. 병원에 데리고 가야 돼요.

이선은 그래도 철창 손잡이를 꼭 쥐고 놓지 않았다.
여자가 그럼 그쪽도 병원 같이 갑시다, 하고 말했다. 이
선은 바닥에서 일어났다. 여자가 남자의 등을 치며 갑
시다, 하고 말하다가 깜짝 놀라 소리쳤다.

호양 아부지, 왜 울어?

남자가 콧물을 마시며 말했다.

눈이 매워요.

노랑이라고 불리는 은선의 등은 정확한 상처 원인
을 모르겠다고 했다. 도시는 길고양이에게 위험한 공
간이 많아서 잘 다치기는 하지만 학대 가능성도 있다
했다. 은선은 상처를 오래 방치해서 진물과 고름이 나
고 썩은 살이 흘러내리기 시작했다. 조금만 더 늦었으
면 패혈증으로 죽었을 것이라 했다. 수의사가 '노력해
보자'고 했는데 그의 손등에는 동물이 물고 할퀸 상처
가 무수했다. 슈가테라피, 소독케어 등 이선이 잘 모르
는 치료 방법 얘기가 나왔다.

고양이가 검사와 치료를 받는 동안 남자와 여자와

이선은 커피를 마셨다. 길고양이 관련된 활동으로 알게 되었다는 두 사람은 캣맘, 캣대디 활동을 오래 한 사람들이었다. 남자가 이선에게 말했다.

캣맘 하신 지 얼마 안 됐죠? 가끔 바닥에 부어 놓은 사료 봤거든요. 고양이 밥 줄 때 물도 꼭 같이 주세요. 길고양이는 물이 더 급해요. 도시에 옹달샘이 있는 것은 아니니까요. 에어컨 실외기에서 나오는 물이나 발견하면 다행인 거예요. 사료는 남지 않을 만큼 조금씩만 줘요. 잔소리 같지만 사료 주고 나면 뒤처리도 해야해요. 최대한 깔끔하게. 안 그럼 주민들한테 욕먹어요. 내가 욕먹는 건 괜찮은데 결국 길고양이들이 욕먹고 화풀이 대상이 되거든요.

이선이 두 사람에게 길고양이는 왜 챙기게 되었냐고 물었다. 여자가 말했다.

다들 불쌍해서 밥 줄 거라고 생각하던데 나는 그냥 저것들이 내가 준 밥 먹어 주는 게 좋아요. 물론 돈 되는 일도 아니고 몸도 고생이지. 세상에 내 맘대로 되는 일이 하나도 없었거든. 사기를 당했는데 인과응보, 권선징악, 그런 거 전혀 없었어. 근데 고양이는 내가 조금만 마음 쓰면 잘 살 수 있더라고. 고양이 보고 있으면 세상 돌아가는 일이 나쁜 일만 있는 건 아니다, 싶어. 고양이 돌보다가 호양 아부지같이 좋은 친구도 생기고.

저는 호양 돌보다가 다른 애들 조금씩 돕는 정도고 요. 여기 계시는 준수 누나는 하루의 절반은 길고양이 위해서 활동하는 멋진 분이세요. 저는 그냥 고양이 보 는 게 취미에요. 누구 노래도 있잖아요. '취미는 사랑'.

이선은 말했다. 자신은 그리워서 길에 나갔다고. 금 자를 보고 온 날이면 예전의 삶이 그리워서 길고양이 를 찾았다. 차 아래에 둥글게 웅크린 하나의 작은 세계 는 이선이 약간의 수고만 들이면 하루쯤은 평안과 안 식을 얻었다. 아, 어쩌면 평안과 안식은 내가 얻는 것일 지도 모르겠다. 이선은 생각했다.

음식을 거부하던 금자는 많이 야위었다. 이선은 금 자의 허리에 묶인 끈을 풀고 휠체어에 태워서 병원 마 당 산책을 했다. 동물병원에서 찍어 온 고양이 사진들 을 금자에게 보여 줬다. 물론 생전의 은선이 사진을 보 여 주며 은선이 잘 있다는 말도 덧붙였다. 금자는 고양 이 사진에 반응하더니 이선이 주는 음식을 받아먹었다.

마늘을 꺼내자 금자는 자연스럽게 한 알을 들었다.

마늘의 껍질을 뜯는 일은 더욱 어려워진 것 같았다.

엄마. 마늘 한 접 사 온 거, 우리 둘이서 거의 다 깠다. 냉장고에 넣었거든. 그냥 놔두면 썩을 것 같은데 그걸로 뭘 만들어야 될꼬?

마늘장아찌.

그걸 내가 우째 만드노.

그런 것도 해 봐야지! 커서 므으가 될래? …믹서기로 다져서 냉동실에 넣어 놔라. 내 집에 가면 음식 할 때 쓴다.

이선은 금자가 집으로 돌아와 음식을 할 수 있으면 좋겠다고 진심으로 바랐다.

마트에 가서 각얼음틀 사라. 다진 마늘을 거기 담아서 냉동실에 넣으면 된다.

아, 그러면 되는구나. 근데 많으니까 다른 사람도 나눠 줘야겠다.

그거 갈아 봐야 얼마 안 된다. 누구 줄라꼬?

있다. 은선이 동물병원에서 만난 사람. 내, 사람 되라고 도와준 사람들 있다.

그럼 줘야지. 그러면 한 접 갖고 안 된다. 낼 두 접 더 사 온나. 집에 있는 건 다져서 냉동실에 넣고 새로 사 오면 내가 장아찌 해서 줄게. 그거 갖다줘라.

이선은 피식, 웃었다. 모처럼 의욕적인 하금자 씨를
보니 반가웠다.

와 웃노?

좋아서. 우리 둘 다 사람 같고 좋네.

그러자 금자가 말했다.

지랄하고 자빠졌네. 좋을 것도 쌔고 쌨다.

웃는 게 웃는 게 아니다

초등 아니, 국민학교 시절을 생각할 때 가장 먼저 떠올리는 장면은 혼자 걷던 하굣길이다. 1988년 구월. 조용한 한낮의 세계. 하늘은 맑았고 태양은 아직 여름의 것이었다. 교문을 나와 목재소를 거쳐 하야리아 미군 부대 정문 앞 횡단보도를 건너는 동안 나는 바닥에 놓인 내 그림자만 보고 있었다. 그림자가 왠지 점점 더 길어지고 있었는데 태양이 너무 뜨거워서 그런 것이 아닐까 싶었기 때문이다.

머리와 등이 따가울 정도로 열이 났다. 나는 지금 녹고 있는 것일까, 설탕 쪽자처럼, 연탄 화덕에 올린 국자 속에서 부글부글 끓는 설탕물처럼. 소다를 넣고 휘저을 때에 부풀어 오르던 갈색의 똥과자. 아직 뜨거울 때 젓가락으로 찍어서 들어 올리면 엿가락처럼 늘어나던 쪽자가 지금의 내 그림자 같았다. 나는 녹아서 길게 늘어나고 있는지도 모르겠다. 그림자가 길어지느라 그런지 녹고 있는 내 발은 땅에서 뗄 때마다 끈적끈적하게 무거웠다.

집에 들어섰을 때 엄마가 없으면 어떡하지. 지난밤 아빠는 고스톱 판에서 내 한 달 치 속셈 학원비와 맞먹는 이만 원을 잃고 왔다. 엄마가 화를 내도 아빠는 눈

을 꼬옥 감고 누워 아무 말도 하지 않았다. '딴 집구석
아—들은 피아노 학원이다, 태권도 학원이다, 여기저
기 다니는데 애비가 돼 가지고 그런 생각은 몬 하고 돈
이나 까묵고 댕기고, 자알 하는 짓이다! 엉성시럽다. 내
가 집을 나가든가 해야지.' 며칠 전, 미용실에 사는 진
아 언니가 피아노 학원 갈 때 따라가는 것을 엄마가 봤
던 것이다. 엄마가 그렇게 말했을 때 나는 학교에 가 있
는 사이 엄마가 집을 나가면 어쩌나, 무서웠다.

오늘 학교를 마치면 떡볶이도 안 사 먹고 바로 집에
가려고 했다. 근데 하필 이런 때에 그림자가 길어져서
발이 느리다. 미적거리는 발을 보면서 그런 생각을 했
다. 만약 엄마가 집을 나갔다면 나도 이대로 녹아서 아
예 집에 닿지 못하는 것이 낫지 않을까.

똥과자가 담긴 국자의 손잡이 구멍에 젓가락을 끼
우고 뱅글뱅글 돌리면서 골목을 한 바퀴 뛰면 똥과자
는 딱딱하게 굳는다. 그래, 나도 바람을 쐬어서 굳어져
야겠다. 그런 마음으로 달리기 시작했다. 발은 조금 가
벼워졌는데 문제가 생겼다. 하아, 하고 입이 벌어지고
입으로 들어온 바람이 내 배 속을 간질이기 시작한 것
이다. 긴장하면 내 입술은 닫히지 않았다. 태양을 등지

고 아학, 아하학, 아하하학, 그런 소리를 내면서 정신없이 달렸다.

아! 다행히도 가게 앞 평상에 엄마가 앉아 있었다.

녹지 않고 뛰길 잘했다. 이렇게 돌아오면 한복의 둥근 깃에 동정을 다는 엄마가, 세탁소의 오목하게 고여 있는 그늘이, 머리 위로 걸린 옷들이 만들어낸 형형색색의 굴이, 나를 반기니까. 그 둥근 세상에 담겨서 받아먹던 요구르트의 새콤한 첫맛. 앞니를 요구르트 뚜껑에 박아 넣던 그 순간은 지금도 가닿고 싶은 인생 꿀맛의 시작이다.

세탁소에 딸린 단칸방에 엎드려서 숙제를 했다. 집이란 옷들의 대기실이다. 가게 천장과 방 천장은 말끔하게 세탁된 옷들이 걸려서 주인을 기다린다. 탈수기 위와 방 한쪽에 무덤처럼 쌓인 옷들은 세탁을 기다린다. 이 옷들은 주인이 도망가면 쓰레기통에 버려졌다. 비라도 오는 날에는 실내에 말릴 자리가 부족해 방 안의 서랍장, 장롱 등의 문틈에 옷걸이가 걸렸다. 다락이 있을 정도로 천장이 높았지만 옷들은 늘 형광등보다 길게 내려왔다. 침침한 방 안에서 머리 위로 옷을 이고 사방에 옷을 두르고 숙제를 했다. 아직 혼자 하는 공부가 쉬울 때였다. 옷들에 둘러싸여서 옷들과 문제를 풀면 옷들이 답을 내주는 것처럼 풀렸다. 시간이 흐르면 답은 나왔다. 나는 엄마의 바람대로 답을 척척 적어내는 아이가 되고 싶었다.

딸깍, 비눗갑이 들썩거렸다.

이 사실을 발견하고 최초로 신고하는 사람은 대개 나였다.

부엌에 놓인 비눗갑이 들썩거리는 소리가 나면 방에 있던 나와 옷들은 신경을 곤두세운다. 모든 머리털과 섬유 올을 끌어모아 부엌문에 집중한다. 창호지가 발린 미닫이 나무문 너머에 무언가 있다. 신발을 신고 이용해야 하는 입식 부엌은 보일러실, 욕실로도 기능했다. 입식 부엌 바닥에 놓인 플라스틱 비눗갑. 그것이 딸깍, 딸깍, 딸깍깍, 리듬을 타며 소리를 낸다.

몰래 들어온 쥐가 그 위에 놓인 비누를 갉는 소리다. 알뜨랑 비누거나, 빨랫비누거나, 쥐는 취향도 없다. 모두 한결같이 딸깍, 딸깍, 딸깍깍. 나는 엎드린 채 문쪽으로 천천히 다가간다. 딸깍 소리가 길어지면 쥐가 방심했다는 뜻. 옷들마저도 숨을 죽이는 그때 벌컥 문을 밀어젖힌다. 그러면 뒤늦게 밖으로 뛰어나가는 쥐의 궁둥이와 꼬리를 볼 수 있다. 엄마, 쥐 있다! 가게로 크게 소리를 지르면 엄마는 어디? 어디? 외치면서 신을 벗고 방으로 들어와 부엌으로 나가며 다시 신을 신는다. 엄마의 기세에 옷을 싸고 있는 비닐들이 펄럭거린다. 엄마는 쥐의 이빨 자국만 남은 비누를 보며 쥐의 크기를 묻는다. 크다, 라고 말하면 엄마의 표정은 비장해진다. 내 목소리를 들은 옆집 미용실 아줌마가 마당으로 나온다. 엄마가 미용실 아줌마에게 말한다, 쥐가 있다고. 내가 이미 큰 소리로 쥐를 외쳤는데 엄마는 누가 들을까 봐 조심조심 소리를 낮춘다. 미용실 아줌마도 속삭이듯 말한다. 그래, 그런 것 같더라니. 끈끈이 사야겠네. 은밀할 것도 없는 이야기를 저렇게 소곤소곤. 혹시 쥐가 들을까 봐 그런 걸까. 엄마는 비누 뚜껑 위에 돌을 얹어 두고 앞집 철물점에 쥐 끈끈이를 사러 나선다.

맑은 하늘이 나날이 높아지는 계절이 오자 가을 운동회의 연습과 준비가 시작됐다. 그날은 달리기였다. 즐거운생활 시간에 운동장으로 몰려간 우리는 다른 반과 합동수업을 했다. 모두 운동장 한편에 그어진 선 앞에서 차례를 기다렸다. 여름 방학 동안 머리통이 자란 아이들은 달리기를 하게 되자 1학기와 다르게 비장한 표정을 지었다.

1988년은 '88서울올림픽의 해'라고 모두가 말한다. 하지만 1학년생에게 그깟 올림픽은 그저 그랬다. 밖에서 뛰놀다가 만화영화 할 시간에 들어가 텔레비전을 켜면 사람들이 자신의 나라를 대표해서 헤엄을 치거나 달렸다. '만화영화는 결방이오니 많은 양해 바랍니다.' 라는 자막을 보는 일은 참으로 분했다. 내게 1988년은 〈달려라 하니〉의 해였다. 팔월 중순, 올림픽 시즌에 맞춰 국내 제작 만화영화 〈달려라 하니〉가 방영됐다. 취향이 어떻든 간에 채널 선택권이 많지 않던 시절이라 어린이들은 거의 이 만화를 봤다.

〈달려라 하니〉의 주인공 '하니'는 돌아가신 엄마를 하늘 위로 떠올리며 트랙 위를 달렸다. 그리운 엄마 품속에 안기기 위해 달리지만 저 멀리 뜬 낮달처럼 결코 닿지 않는 엄마 품이다. 달리는 일이 세상 그렇게 슬픈 일이라니 이해할 수 없었다. 하지만 그렇게 슬프고도 처절한 사투 끝에 1등을 한다는 것에는 수긍했다. 내가 속한 한 반의 오십오 명중 한 명이 되는 일이, 학년 전체 열두 반 중 단 한 명이 되는 일이, 그리 쉬운 일이

겠는가.

　두 개의 반 아이들이 하니 이야기로 왁자지껄 떠드는 동안 트랙이 정리되고 달리기가 시작됐다. 다른 반 선생님이 깃발을 올리면 트랙 저편의 우리 선생님이 등수를 매긴다. 아이들은 1등, 2등, 3등, 4등, 5등, 줄에 맞춰 앉는다. 5등 아이들 표정이 좋지 않다. 형식은 분위기를 압도한다. 몸을 꼬면서 장난치다가 자기 차례가 되면 해맑게 달리던 1학기의 어린이들은 이제 변했다. 세상 온갖 종류의 근심을 미간에 올리고 출발 신호를 기다렸다. 머릿속에는 가수 이선희가 부르는 달려라 하니 주제가가 흐르겠지. '난 있잖아. 엄마가 세상에서 제일 좋아, 하늘땅만큼. 엄마가 보고 싶음 달릴 거야. 두 손 꼭 쥐고.'

　남자애들이 뛰고 나자 여자애들 차례가 됐다. 여학생 번호는 41번부터 시작하는데 나는 삼월생이라 늘 앞 번호를 가졌다. 햇볕은 아직 뜨거워서 긴장한 입안은 바싹 말랐다. 앞줄 아이들이 결승 지점에 도착하기도 전에 다음 줄 아이들이 출발했다. 앞줄 아이들이 일으킨 모래바람에 시야가 뿌옇게 흐려 왔다. 그래도 달려야겠지. 깃발이 오르자 나는 달렸다. 하니처럼 나도 세탁소에서 일을 하고 있을 엄마를 떠올리며 한시도 발을 쉬지 않았다. 속으로 노래도 불렀다. '달려라, 달려라, 달려라 하니. 이 세상 끝까지, 까지. 달려라 하니.'

하지만 발이 말을 듣지 않았다. 내 발은 또 녹아드는지 끈적끈적한 바닥에 들러붙어 잘 떨어지지 않았다. 내 뒤로 따라오는 그림자가 점점 더 길어지고 있는 것 같았다. 나만 뒤처지는 것이 느껴졌다. 배 속이 간질거리더니 갑자기 웃음이 나왔다. 웃고 보니 웃긴 상황이었다. 모래먼지 사이로 등수에 맞춰 쪼그리고 앉은 저쪽 아이들의 표정이, 도착한 아이들의 팔을 붙잡아 등수를 알려 주는 선생님의 분주함이, 내 양옆을 미친 듯이 뛰는 아이들의 진지함이, 그 와중에 저 멀리 독보적으로 앞서서 뛰는 한 사람의 독주가, 넘어져서 우는 누군가의 울음이, 몹시도 우스꽝스러웠다. 누군가를 웃기기 위해 작정하고 벌이는 슬랩스틱 코미디 같았다.

나는 웃음을 참으려고 하니처럼 두 팔 벌린 엄마를 그려 보기 위해 하늘을 보았다. 하지만 저녁 찬거리를 두 손에 치켜들고 요상한 춤을 추며 가게를 지나 방으로 입성하는 엄마가 떠오르지 않겠는가. 하아, 하고 웃음이 나오며 입술이 벌어졌다. 웃음이 참을 수 없이 마구 튀어나왔다. 하하학, 하학, 하하하하학, 숨찬 와중에도 입 속으로는 모래가 섞인 바람이 가득 들어와서 내 폐를 간질였고, 그것 때문에 웃음은 더 나왔고, 나는 웃는데 다른 사람들은 모두 미간에 내천(川)자를 쓰고 앉아서 진지했고, 그것이 또 우스꽝스럽고….

웃다가 도착하고 보니 내 자리는 5등 자리였다.

이날 두 개의 반을 통틀어 1등은 나와 같이 뛰었던 41번 이연희다. 그 아이는 운동회마다 전체 학년 계주 선수로 뽑혔다. 나는 그 아이가 철봉에 매달려 멋지게 회전할 줄 안다는 사실이 부러워서 쉬는 시간마다 철봉에서 노는 그 아이를 훔쳐봤다. 연희는 학기가 시작되자마자 내가 사는 곳 옆집 단칸방에 이사를 왔는데 우리 둘 다 내성적이라 아직도 친해지질 못했다.

연꽃이 많은 연못, 그 연못이 있던 땅, 연지. 하마정 방향으로 이어진 하야리아 미군 부대 담벼락 맞은편에 위치한 연지동은 여러 유형의 사람들이 섞여 살았다. 회사원, 공장 노동자, 자영업자는 어디에나 있지만 미군과 그의 식구, 인근 번화가 유흥업소에 다니는 '술

집 이모', 그 '술집 이모'들과 동거하는 건달까지, 다양한 직업군이 모여 있었다. '데모' 중인 서면에서 날아온 매운 공기에 재채기를 연신 해대던, 하지만 아직 뒷산과 정묘사가 푸른 그늘을 만들어 여우와 족제비가 출몰하던 동네. 지금은 사라진, 내가 살던 동네는 '연지아파트 입구'로 불렸다. 오르막길을 한참 걸어 올라가야 아파트가 나왔지만 우리 동네 사람들은 '입구 사람들'이었다.

서울슈퍼, 희망미용실, 백미세탁소, 유일약국, 성진 테일러, 감나무식당, 경북쌀상회… 연지아파트 올라가는 길목에 있는 가게들은 대개 단칸방과 부엌이—어느 곳은 다락방도 딸려서—함께했다. 부엌 밖은 공동 화장실이 있는 공동 마당이다. 나는 내 또래 아이들과 함께 그 단칸방들에서 컸고 가게 앞길에서 놀았다. 아직 판잣집이 즐비한 산동네가 꽤 남아 있었고 연지아파트마저 각 층마다 놓인 공동 화장실을 썼다. 하지만 나라의 경제성장률이 오르던 시절이라 '가난'과 '부', '공동'과 '개인'의 차이가 주는 위화감을 막 배우기 시작했다.

나의 집 백미세탁소는 사거리의 한 귀퉁이에 서 있

는 'ㄴ' 모양 건물에 있었다. 식당, 양복점, 약국을 지나 모퉁이 왼쪽으로 꺾으면 백미세탁소, 희망미용실이 나왔다. 다섯 가게 중 식당, 세탁소, 미용실이 살림집을 겸했고 2층은 약국을 운영하는 주인댁이었다. 'ㄴ'의 꼭지점을 끼고 있는 약국이 뒷마당으로 나오는 통로를 내는 바람에 세탁소 부엌의 귀퉁이가 잘려서 부엌은 한쪽 선이 가파른 삼각형 모양이었다. 삐딱한 벽 때문에 엄마는 그곳에서 사는 내내 부엌에 대해 푸념하곤 했다.

삼각형 부엌을 나가면 공동 마당이 나왔다. 각자의 부엌문 앞으로 장독과 세탁기—90년대에 들였다—가 놓여 있었고 주인집 올라가는 계단참 아래로 공동 화장실 두 개와 연탄 창고, 공동 수돗가가 있었다. 화장실은 수세식이긴 했지만 물 내리는 기구가 고장이 나서 계단 아래 공동 수조에 받아 놓은 물을 바가지로 떠서 변기에 물을 흘려보내야 했다. 등교 준비로 바쁜 아침에 먼저 볼일을 본 내가 나와서 바가지를 들고 느릿느릿 위태롭게 걷고 있으면 희망미용실의 중학생 오빠가 금방 쌀 것 같은 표정으로 내 바가지를 뺏어 들고 화장실에 물을 대신 부었던 날도 있다. 우리 건물 사람들은 타인의 똥을 온전한 모양으로 발견하는 사람이기도 했다. 부끄러움은 생활이었다.

…쥐 보러 갈래?

일요일 오후, 집 앞에서 만난 연희에게 말을 걸 기회가 생겼다. 연희는 조금 고민하다가 나를 따라왔다. 건물 구석 쪽대문을 지나 뒷마당으로 오는 통로에는 각자의 집에서 내놓은 고무 쓰레기통이 있었다. 아직 종량제나 분리수거를 시행하지 않을 때라 쓰레기가 통에 차면 쓰레기차에 버리는 식이었다. 통로 쓰레기통 사이에 놓아둔 쥐 끈끈이에 쥐가 잡혔다. 백 원짜리 단팥빵을 먹으려고 덤비다가 몸이 붙어 버렸다. 어른들은 그 쥐가 죽을 때까지 가만히 두고 기다렸다. 그러면 다른 쥐가 또 잡히기도 했다. 연희와 함께 본 쥐는 자그마한 새끼였다. 쥐는 오른쪽 면이 모두 본드에 들러붙은 채 몸을 들썩이고 있었지만 그럴수록 더더욱 본드가 붙어 왼쪽 다리까지 붙어 버렸다. 사람을 본 새끼쥐는 두려움 때문에 입을 벌려 찍찍거렸는데 본드에 얼굴이 붙어서 입이 더욱 벌어졌다. 분명 울고 있을 텐데 입이 벌어질수록 크게 웃는 표정으로 보였다. 나와 연희는 그것을 한참 동안 들여다봤다.

배가 고픈가? 빵을 먹으려고 입을 벌렸나.

연희가 말했다. 우리는 그 쥐가 곧 죽을 것을 알았지만 빵을 쥐 쪽으로 밀어 줬다. 쥐는 먹지 않았다.

…우리 집 갈래?

연희가 내게 물었다. 1학년 6반 41번과 42번은 그렇게 친해졌다.

1991년 오월. 어린이날을 이틀 앞둔 금요일에는 많은 일들이 일어났다. 학교에서 어린이날 기념 봄 운동회를 벌였다. 나라 곳곳에서 노태우 정권을 규탄하는 데모가 벌어지고, 젊은 사람들이 죽어 가기 시작했지만, 어린이들은 그런 것은 모른 채로 어린이날을 즐겼다. 오월은 푸르구나, 우리들은 자란다. 오늘은 어린이날 우리들 세상.

나는 4학년이 되었지만 달리기는 여전히 못했다. 아직도 웃음이 나왔기 때문이다. 다 같이 한곳만 보고 미친 듯 달려가는 일이 어쩜 그렇게 우스꽝스러운지 모르겠다. 체육 시간, 가을 운동회 등 어떤 달리기 시합이라도 나는 1, 2, 3등 도장을 받지 못했다. 등수 안에 들면 나눠 주는 공책 한 권, 연필 한 자루에 기를 쓰고 달리는 일이 웃겼냐고? 아니다. 나는 등수 안에 들길 간절히 바랐다. 엄마가 일 년에 단 한번 학교를 찾는 가을 운동회 때 동네 사람들 앞에서 그것들을 자랑하고 싶었다.

최선을 다하면, 성실히 노력하면, 누구든 1등이 된다고, '하면 된다.'고, 선생도 부모도 말하는데 내 몸뚱이는 말을 듣지 않았다. 동네에서 술래잡기를 해도 나는 매번 싱글벙글이었고, 숨바꼭질을 하다가 술래가 없는 틈을 타 전봇대에 '타치'를 하러 뛸 때에도 큰 소리로 웃음이 터져 술래에게 잡히기 일쑤였다. 예사 몸뚱이가 아니었던 것이다.

4학년이 되어 다시 같은 반이 된 연희와 나는 번호 때문에 같은 조에서 뛰어야 했다. 깃발이 오르자마자 저 멀리 앞서가는 연희의 뒷모습을 보며 나는 또 웃기 시작했다. 웃고 난 뒤면 찾아오는 열패감에 휩싸여 자리로 돌아갔는데 먼저 온 연희는 손목에 찍힌 1등 도장 따위 아랑곳하지 않았다. 차라리 다른 아이들처럼 자랑이라도 했으면 대놓고 화내기 좋을 텐데. 땅따먹기 하자는 연희의 제안을 거절했다.

연희의 엄마는 연희가 달리기 1등이라는 것을 들

어도 즐거워하지 않았다. 그녀는 까무잡잡한 피부에 작은 키를 가졌지만 연희처럼 몸이 아주 단단해 보였다. 우리 엄마 국민학교 다닐 때 육상 선수였다, 자랑하는 연희와 다르게 연희 엄마는 자신의 그런 특기를 좋아하지 않았다. 중학교에 들어갔다면 이렇게 안 살았을 것이라며, 연희에게 너는 공부만 열심히 하면 된다고 강조했다. 하지만 연희는 달리기 실력과 다르게 성적은 고만고만했다. 연희의 집에는 늘 연희 엄마의 부업 도구들이 널려 있었다. 우리가 1학년 때는 전기선 같은 것을 플라스틱에 뱅글뱅글 감는 단순 작업만 했는데 연희와 연희 동생 모두 학교에 다니게 되고부터는 집에 재봉틀을 들여놓고 도안 위에 자수 놓는 일을 했다. 그렇게 받은 돈으로 아이들 학교 준비물을 해결하고 비상금을 만들었다.

연희의 아빠는 건설 현장의 노동자였다. 그는 공사 때마다 타지에서 지냈다. 가끔 집에 들른 날엔 술을 마시고 집 안의 집기를 부쉈다. 아내의 부정을 의심하며 때리는 날도 있었다. 그런 날에 연희 엄마는 남편을 피해 집에서 나와 동네를 뛰었다. 뒤따라오는 남편이 사라지면 아직 문이 열린 동네 가게에 앉아 있거나 집 골목 어귀를 서성였다. 그러다 연희가 나와서 아빠가 잠들었다고 알리면 집에 들어갈 수 있었다. 간혹 내가 연희 집에 놀러 가기 어려운 날이 있었는데 그 집 식구들의 표정이 어두운 날이었다. 지난밤 연희 엄마가 골목을 달리는 것을 봤다는 동네 사람의 증언이 나오면 나는 연희네 아빠가 왔다고 직감하고 한동안 연희를 찾지 않았다.

봄 운동회가 끝나고 교실에 들어가면 큰 비닐봉지에 학부모가 협찬한 학용품과 먹을거리가 담겨 있었다. 어린이날 기념 선물이었다. 우리는 동요 한 곡을 합창하고 학부모를 향해 단체로 감사하다는 인사를 했다.

세상이 이렇게 밝은 것은 즐거운 노래로 가득한 것은 집집마다 어린 해가 자라고 있어서다. 그 해가 노래이기 때문이다. 어른들은 모를 거야, 아이들이 해인 것을….

학교에서는 세상 누구보다 '어린이'라는 지위가 귀하다고 알려 줬다. 집으로 돌아오면서 나와 동생, 연희와 연희 동생은 각자가 받은 선물을 자랑했다. 어린이라서 받는 혜택이 두 번밖에 남지 않았다는 것이 아쉬울 따름이었다.

그날 저녁 만화 〈은비 까비의 옛날 옛적에〉를 봤다. 이야기의 제목은 '자기를 도둑맞은 사람'. 산속 암자에서 삼 년간 공부하던 부잣집 도령 수동이는 집으로 돌아오지만 자신과 똑같이 생긴 도령이 집에 있는 것을 발견한다. 두 도령은 자신이 진짜 수동이라는 것을 증명하는데 진짜 도령은 가짜로 오인받아 쫓겨나게 된다. 가짜 도령은 쥐였다. 진짜 도령은 손톱, 발톱 깎은 것을 함부로 버리는 습관이 있는데 백년 묵은 들쥐가 그것을 먹고 도령으로 둔갑했던 것이다. 자기를 도둑맞아 슬퍼하던 진짜 도령은 은비, 까비의 도움을 받아 들쥐를 잡고 집에 갈 수 있게 된다. 만화의 마지막에 스님이 이런 말을 했다. 손톱에는 사람의 혼령이 깃들었는데 그것을 깎고 밤길을 걸을 때 누가 따라오는 소리가 들리게 되니 조심하라고.

우리 동네에는 쥐가 많았다. 학교를 오가는 길에 꼭 한두 마리씩 보였다. 이 쥐들은 누구의 손톱과 발톱을 찾아다니는 것일까. 그동안 내 손톱, 발톱은 어디에 버렸더라, 생각했는데 결국 고무 쓰레기통이었다. 대부분의 주민들이 그런 통에 버렸다. 하수구에 사는 쥐 중에 백년 묵은 쥐가 있다면 아주 손쉽게 사람으로 둔갑할 수 있을 거다. 사람으로 둔갑하면 무얼 하려나? 맛있는 것을 사 먹고 놀러 다니고 방에 누워 쿨쿨 자려나? 우리 아빠처럼?

그러다… 쥐 아닌 척 시침 뚝 떼고 끈끈이로 새끼 쥐들을 잡겠지. 우리 중에 누가 쥐일까? 양복점 아저씨? 약국에서 일하는 청년 봉수? 아니, 여자들일 수도 있지 않나? 쥐는 우리 동네 여자들 중에 누구의 손톱을 먹었을까? 술집 이모들? 그 여자들이 도망가는 이유가 사실 쥐한테 자신을 도둑맞아서 그런 건 아닐까? 한번 시작한 나의 상상은 늘 꼬리에 꼬리를 물고 이어지는데 아무도 이 상상을 끊어 주지 않았으므로 나는 잠을 자지 못했다.

멀리 어느 집 개가 짖는 소리가 났다. 시계를 봤다. 착, 착, 착, 착, 엄마 머리맡에 놓인 알람 시계의 형광 바늘이 열한 시 이십 분을 가리키고 있었다. 몸을 돌려 부엌문을 향해 누워서 창호지에 생긴 그림자가 무엇을 닮았는지 유추했다. 그러면서도 등 뒤에서 가족이 내는 소리에 집중했다. 우리 가족은 한 방에 'ㄱ'자 모양으로 잤다. 'ㄱ'자의 한쪽 변을 우리 남매가 누우면 다른 쪽 변의 끝에 아빠가 누웠다. 아빠와 남동생 사이, 'ㄱ'의 꺾이는 부분에 엄마가 누웠는데 다리의 방향이 사각형 방의 대각선으로 삐딱했다.

개 짖는 소리가 다시 났다. 연희네 집 건너편 달걀 가게에서 키우는 해피 같았다. 이 시간에 달걀 가게 앞에 누가 지나가나, 하는 순간 급한 발걸음 소리가 났다. 쪽대문에서 누가 오고 있었다. 가쁜 숨소리가 들렸다. 틀이 안 맞는 나무문 닫히는 소리도 들렸다. 화장실로 들어간 모양이었다.

잠시 후 다른 사람이 왔다. 남자인 그는 계속해서 화를 내고 있었는데 화장실에 누가 들어 있는 것을 알아차리고 화장실 문을 두드리며 나오라고 소리 질렀다. 심장이 빠르게 뛰었다. 연희의 아빠 목소리였기 때문이다. 화장실에 들어간 사람은 연희 엄마인 것 같았다. 연희 아빠의 입에서는 '니기미'로 시작해서 '개같은 년'으로 끝나는 문장이 반복되었다. 이불을 귀까지 끌어당겨 덮었지만 소리는 계속 들렸다. 이 소리는 나만 들리는 것일까. 왜 아무도 나가지 않을까. 내 마음을 아는 것처럼 천장에 걸린 옷들이, 옷들을 싸고 있는 비닐들이 파르르, 흔들렸다. 그리고 곧, 부엌 불이 켜졌다.

엄마가 일어난 것이다.

　마당에 나간 엄마는 술에 취한 아저씨를 말렸다. 이 화장실에 우리 딸이 들어가 있는데 애가 무서워서 못 나온다고, 그만 두드리라고 거짓말을 했다. 그리고 연희 엄마가 남의 집에 들어올 일이 뭐가 있냐며 나가서 찾아보라고 설득했다. 아저씨는 한참 만에야 대문 밖을 나갔다. 그사이 엄마는 아줌마를 우리 방으로 밀어 넣었다. 나는 자는 척 눈을 꼭 감았는데 동생과 아빠는 자는지 아무 기척도 없었다. 아빠가 나서서 말려야 하는데 왜 저렇게 가만히 자고만 있는지 알 수 없었다. 아줌마는 엄마의 자리에 들어가 누웠다. 대각선 방향으로 삐딱하게.

　잠시 후 마당이 다시 소란스러워졌다. 아저씨가 돌아와 분명 이 골목으로 들어오는 것을 봤다며 엄마에게 따지기 시작한 것이다. 그러면서 '아지매가 숨긴 것 아니냐'고 했다. 엄마는 화장실 문을 열어 주며 그곳이 비었음을 보여 줬다. 그래도 막무가내로 따지고 우기는 아저씨 때문에 엄마는 우리 부엌으로 그를 데리고 왔다. 드륵, 하고 부엌문이 열렸다. 눈을 감았는데도 부엌에 켠 백열등 빛이 너무 환해서 움찔했다. 아저씨는 부엌에 선 채 방을 들여다봤지만 좁고 컴컴한 방은 잘 보이지 않는지 계속 구시렁거렸다. 그제야 아빠가 몸을 일으켜 앉았다. 무슨 일이냐고 점잖게 물었다. 그러자 아저씨는 갑자기 정신이 돌아온 것처럼 아무것도 아니라고 예의바르게 인사를 하고 부엌문을 닫았다. 아빠는 아무것도 모르는 척 장롱을 향해 돌아누웠다. 엄마는 그 뒤로도 부엌을 지키고 앉아 있었고 아줌마는 엄마의 신호를 듣고서야 우리 방을 빠져나갔다. 그리고 그길로 아줌마는 사라졌다. 집을 나간 것이다.

운동회 때문에 하루 종일 몸을 움직인 연희는 그날 하필 일찍, 그리고 깊이 잠이 들어 엄마의 행방을 아는 사람이 아무도 없었다. 그해의 어린이날은 연희 식구와 우리 식구 모두가 상처를 받은 채 우울하게 보냈는데 그날 밤 일이 각자에게 부끄러운 기억으로 남았기 때문이다.

엄마가 없는 동안 연희는 동생을 돌봐야 했다. 무서운 아빠 앞에서는 울거나 짜증을 낼 수 없었다. 엄마가 없는 동안 연희의 아빠가 연희와 동생을 불러 놓고 처음 가르친 것은 밥하는 법이었다. 너는 여기, 너는 여기, 하며 아이들의 손등에 밥물이 어디까지 오면 되는

지를 가르쳤다. 밥물이 손목까지 오는 동생이 밥을 안
칠 일은 없었다. 오롯이 연희의 몫이었다. 그렇다고 4
학년생이 밥을 잘할 리가 없었다. 짜장면을 시켜 먹거
나 이웃집 여자들이 챙겨 주는 것을 먹고, 대부분은 과
자, 라면으로 허기를 때우는 식이었다. 사실 먹는 것보
다는 '생활'이 문제였는데 연희 아빠는 그것을 몰랐다.

연희 엄마는 두 달 후 여름 방학이 시작되기 전에
돌아왔다.

그날은 우리 건물의 쥐 잡는 날이었다. 토요일 오전
수업을 마치고 집에 가니 공동 마당이 소란스러웠다.
사람들이 쥐가 있는 곳을 가늠하며 쥐의 도주로를 차
단하는 데 열을 올리고 있었다. 무더위가 시작되어 끈
끈한 땀이 인중에 맺혔다. 하늘에도 땀방울처럼 뭉게
구름이 몽실몽실 올랐다. 하굣길에 둘리바를 사 먹었
는데 금세 뭔가 또 먹고 싶었다. '엄마, 백 원만.'을 말할
기회를 찾았지만 마당은 몹시도 분주했다. 새끼를 잔
뜩 낳고, 부엌살림을 망가뜨리는 큰 쥐, 어미 쥐를 잡기
위해서였다.

철물점에 파는 쥐 끈끈이는 꾸준히 팔렸지만 쥐는

많이 잡히지 않았다. 바퀴벌레와 새끼 쥐 몇 마리만 걸려들었다. 쥐는 영리했다. 엄마 말로는 어른이 된 녀석들은 의심이 많고 덫을 알아보기 때문에 잘 잡히지 않는다고 했다. 가끔 새끼 쥐가 많이 잡힌다 싶으면 건물 사람들은 합심해서 덫을 놓고 큰 쥐를 잡았다.

덫을 놓고 기다렸다가 쥐가 보이면 그쪽으로 몰아서 잡으려고 했지만 하수구 구멍에 들어간 쥐는 나타나지 않았다. 엄마는 건물 사람들과 나눠 먹을 비빔국수를 만들고 있었다. 백 원은 포기하고 길에 나왔다. 하지만 갈 데가 없었다. 연희 엄마가 사라진 이후 연희 아빠가 세탁소에 와서 우리 엄마와 말다툼을 했다. 그 뒤로 연희와 나는 서먹해졌다. 말을 안 하는 것은 아니지만 예전만큼 붙어 다니지 않았다. 우리 둘이 싸운 것이 아니었으므로 화해를 청하는 것도 애매했다.

부식 가게 앞에 서 있는데 더워서 그런지 길에 사람이 얼마 없었다. 경북쌀상회는 가게 두 개를 함께 운영했다. 한쪽에는 쌀가게, 한쪽에는 과자와 부식을 파는 가게였다. 쌀가게 저 안쪽에서 아줌마가 손님에게 내줄 쌀을 담고 있었다. 그동안 저쪽 언덕에서 내려온 손님 한 명이 쌀가게에 들어갔다. 손님이 물건을 사고 나오려면 시간 여유가 있었다. 쌀가게 아줌마가 손님 응대를 하는 동안 나는 부식 가게로 몰래 들어갔다. 쌀가게 아저씨는 셰퍼드를 키웠는데 오후에는 개를 데리고 뒷산에 다녀왔으므로 아무도 없을 것이 분명했다. 구석에 있는 과자 매대로 가서 두리번거렸다. 그러다 쌀가게에서 아줌마들이 나누는 대화를 들었다. '연희 엄마 왔더라.'

나는 급히 연희네로 갔다. 연희네 문 앞에 도착했을 때 연희와 연희 동생이 우는 소리를 들었다. 연희 엄마가 뭐라고 조용히 중얼거렸는데 연희 동생이 으응, 으응, 떼쓰는 소리를 냈다. 연희는 하도 많이 울어서 딸꾹질까지 하고 있었다. 이제 안 간다, 라는 아줌마의 소리를 듣고서야 나는 그 집을 빠져나왔다. 부식 가게에서 집어 온 '짝꿍'을 연희네 부엌에 몰래 두고서.

집으로 돌아오자 쥐가 잡혀 있었다. 엄마가 내 몫의 국수를 그릇에 담으며 큰 쥐가 잡혔다고 말했다. 마당에 나갔더니 내 팔뚝만 한 쥐가 잡혀 있었다. 쥐는 빨간 양파 망에 들어 있었는데 양파 망은 화장실 옆 수조 수도꼭지에 묶여 있었다. 그리고 쥐는… 살기 위해서 헤엄을 쳤다. 빨간 양파 망이 물 위에 떠 있었다. 찰박, 찰

박, 찰박, 찰박, 쥐는 열심히 다리를 저어 수조의 시멘트 턱에 오르기 위해 애를 썼지만 양파 망 줄의 길이가 짧아 닿지 않았다. 어른들은 쥐가 지쳐서 물에 가라앉아 죽기를 기다렸다. 방으로 돌아와 국수를 먹기 시작했다. 어른 입에 맞춘 국수는 매웠다. 나는 울기 시작했다.

여름 내내 동네에는 '연희 엄마 잡혔데이', '아저씨가 무릎 꿇고 빌었다더라.' 등으로 시작하는 소문이 퍼졌지만 연희의 엄마 앞에서는 모두 가정폭력에 대한 말을 아꼈다. 연희 아빠가 전두환도 아닌데 왜 그렇게 쉬쉬하는지 알 수 없었지만 연희 엄마는 아무 일 없었던 것처럼 굴었다. 아니, 전과는 좀 달라진 모습이었다. 연희의 아빠가 술에 취해 행패를 부리면 도망가다가도 멈춰 서서 같이 악다구니를 퍼붓고 덤비기도 했다.

나는 아무에게도 말하지 않았지만 우리 방에 누워 있다 나가던 그날, 혼자 밤길을 걸어가는 연희 엄마가 자신을 뒤따라오는 발소리를 듣지 않았을까, 추측했다. 백년 묵은 쥐가 연희 엄마의 손톱을 먹고 집으로 들어와 사람 행세를 한다거나, 하는. 지금 연희 엄마는 아줌마가 아니라 쥐가 아닐까. 백년 묵은 쥐들이 노리기 쉬운 사람은 도망을 준비하는 여자들이 아닐까. 쥐는 호시탐탐 엄마들의 손톱, 발톱을 노리고 있을 지도 몰랐다. 그래서 부엌을 수시로 드나드는지도. 그렇다면 우리 엄마는 우리 엄마가 맞을까. 어쩜 우리 모두는 손톱 먹은 쥐인데 자신이 쥐인 것을 알지 못하는 것 아닐까. 자신을 도둑맞은 사람, 아니 쥐.

서울슈퍼에 모인 아줌마들은 수다를 떨 때마다 '애들만 아니었어도'라는 말을 자주 했다. 아이들은 자신의 엄마가 그곳에 있으면 늘 엄마 근처에 붙어 있었다. 그래서 아이들은 자신의 아빠보다도 동네 사정에 훤했고 엄마들이 나누는 대화들로 불안에 떨었다. 우리는 엄마들의 '애들만 아니었어도'라는 말을 '엄마는 언제든 도망갈 준비가 되어 있다'로 알아들었다.

나는 이곳에서 도망간 여자들의 이야기를 무수히 알고 있다. 술집에서 일하던 이모들은 미용실과 세탁소에 외상값을 남기고 도망갔다. 은주, 선희, 영아, 혜란, 세영… 모두 가짜 이름으로 살아가는 사람들이라 잡을 방법이 없었고 이런 이름이 붙은 이모들의 옷은 쓸모없어서 버려졌다. 엄마는 자신이 겪어 본 그녀들의 인성에 맞춰 '착한 딸아, 못된 딸아'로 분류했다. 요즘 벌이 좋냐고 묻는 엄마에게 지난밤까지 모은 팁 칠

만 원을 시골집에 고스란히 부쳤다며 하소연하던 혜
란이 이모는 착한 딸아에 속했지만 결국 술과 빚을 이
기지 못하고 도망갔다.

세탁소 맞은편 가게에 만화방을 개업한 아줌마는
나와 동갑인 딸을 데리고 살았다. 그 집 딸이 우리는 아
빠가 싫어서 도망 나온 거라고 내게 말했다. 하지만 그
도망은 금세 끝났는데 딸의 아빠로 짐작되는 사내가
만화방에 들이닥쳤기 때문이다. 가게 안에서 팔던 어
묵 냄비와 연탄 화덕이 길에 던져지고 아줌마는 사내
를 피해 오르막길을 달렸지만 결국 잡혔다.

우리 동네 여자들의 도망치기, 달리기 역사는 유구
하다. 남자가 집을 두고 도망갔다는 소문은 들어 본 적
없다. 장기 외박이 존재할 뿐이었다. 여자들은 곗돈을
들고 도망가고, 불륜을 저질렀다고 도망가고, 노름판
에 빠져서 도망가고, 지루박 춤 선생을 초빙해 춤을 추
다가 들이닥친 남편을 피해 도망갔다. 대개는 돈이 무
섭거나 남편이 무섭거나 자기 자신이 무서워서 도망
가는 경우였다. 그렇게 치면 우리 엄마 또한 유력한 도
망 예정자다. 아빠는 하루가 멀다 하고 노름판을 쏘다
니며 빚을 졌으니까. 엄마는 처음에 옷 수선만 했지만

점점 세탁 일을 혼자 해 나가기 시작했다. 겨울마다 엄마의 발가락은 동상에 걸려 얼룩덜룩했다. 나는 엄마의 도망을 가장 두려워했다.

양파 망에 담긴 쥐는 금세 죽었다. 죽은 쥐는 양파 망에 담긴 채 고무 쓰레기통에 버려졌다. 며칠 후 새벽이면 '부산찬가' 노랫소리에 맞춰 쓰레기차에 버려질 것이다. 쥐는 없는데 나는 한밤중까지도 쥐가 물 위를 찰박거리며 헤엄치는 소리를 들었다. 찰박, 찰박, 찰박, 찰박. 귀에서 찰박거리는 소리가 계속 났다.

학급문고에서 『피리 부는 사나이』를 읽은 적이 있다. 금화 천 냥을 받기 위해 피리 부는 사나이는 마을 쥐들을 모두 피리로 홀린 다음 강에 빠져 죽게 했다. 하지만 천 냥을 받지 못하게 되자 마을의 어린이 백삼십여 명을 피리로 홀려서 돌아올 수 없는 언덕으로 들어가 버렸다. 동네에 쥐가 자주 나타나서 사람들이 골머리를 앓을 때라 나는 피리 부는 사나이가 우리 동네에 한번 들러 주길 바랐다. 그런데 막상 물에 빠져 죽은 쥐를 보게 되자 무서웠다. 쥐 다음에는 어린이들이 아니었던가. 나는 달리기도 잘 못해서 도망치기 힘든데. 도망친다고 해도 웃음 때문에 금방 잡히겠지. 사나이의 언덕에 들어가는 첫 번째 사람이 될지도.

1991년 십일월. 드라마 〈사랑이 뭐길래〉가 시작됐다. 드라마는 인기가 많아서 주말 저녁이면 가게 사람들도 방으로 들어가 텔레비전을 보는 통에 가게가 텅비어 있었다. 크리스마스를 며칠 앞둔 어느 주말 밤. 엄마는 드라마를 보고 있었고 나는 부식 가게 앞으로 갔다. 귤이 먹고 싶었다. 아빠는 사흘째 외박 중이어서 엄마한테 귤 사 달라는 말을 할 수가 없었다. 노란 백열등을 환하게 밝힌 부식 가게 앞 과일 매대에는 나무 상자에 탑 모양으로 쌓인 귤이 탐스럽게 진열됐다. 보기만해도 입 속에 침이 고였다.

가게 앞을 서성이면서 내가 가져가도 티 나지 않을 귤을 탐색했다. 귤이 정해지자마자 길에 사람이 아무도 없는 것을 확인하고 그 귤을 가볍게 손에 쥐었다. 그리고 뒤돌아 내리막길을 향해 빠르게 걷기 시작했다. 호들갑스러워 보이지 않도록, 발소리를 크게 내지 않도록 조심하면서 움직였다. 긴장감이 생기자 또 배 속이 간질거리기 시작했다. 목구멍에서 키들거리는 웃음이 나오려고 했다. 거리가 꽤 멀어졌다 느낄 때쯤 웃음

소리를 내며 달리기 시작했다. 〈사랑이 뭐길래〉 드라마 때문에 히트한 노래 〈타타타〉에 나오는 웃음처럼.

그때였다. 어두운 골목에서 누가 툭 튀어나와 나를 지나쳐 달렸다. 연희 엄마였다. 그리고 그 뒤를 누가 쫓아갔다. 연희 아빠였다. 둘은 연희처럼 정말 빠르게 달렸는데 나는 운동장에 다시 선 기분이었다. 끅끅거리며 나오던 웃음이 과하게 커지기 시작했다. 우리는 왜 밤중에 다 같이 뛰고 있나. 누가 시킨 것도 아닌데, 무엇에 홀린 것도 아니고. 나는 웃지 않는데도 아하하학, 웃음이 나왔다. 문득 웃음을 멈추려면 저들과 다른 방향으로 뛰어야겠다, 싶었다. 그래서 반대 방향으로 달리려고 뒤돌아섰다. 뒤돌아선 자리, 그곳으로 연희가 뛰어오고 있었다. 연희는 엄마의 점퍼를 손에 들고 울고 있었다. 하지만 웃고 있는 내 얼굴을 보더니 표정이 얼음장처럼 차가워졌다. 내가 자신의 부모를 우스워한다고 여겼을 것이다.

연희는 내가 달릴 때에 웃는다는 것을 알지 못한다. 다른 반일 때는 서로가 뛰는 것을 보지 못했고 같은 반일 때는 같이 뛰었으니까. 심지어 연희는 늘 나보다 앞서서 뛰느라 내 모습을 보지 못했으니까. 나는, 내가 웃는 게, 웃는 게 아니라고, 말하고 싶었다. 하지만 발이 빠른 연희는 이미 저만치 달려가 버렸고 연희를 돌아보며 달리던 내 발은 어느새 멈추더니 땅에 들러붙어서 떨어지지 않았다. 내 그림자가 또 길어지고 있는 중인지도 몰랐다. 날씨가 덥지도 않은데 왜 바닥이 끈적끈적해질까.

나는 그 자리에 멈춰 서서 길 끝 가로등 아래에 뒤엉킨 연희 엄마, 아빠와 둘을 말리는 연희를 봤다. 내 짝꿍을 영영 잃었다는 생각이 들자 마음이 몹시도 허했다. 귤을 까서 입안에 넣었다. 이 와중에 귤은 눈치도 없이 새콤달콤했다. 과즙은 입안의 침을 더욱 고이게 만들었다. 그때였다. 잡았다, 요 쥐새끼. 누군가 내 뒷덜미를 낚아챘다. 부식 가게 아저씨였다. 귤을 씹고 있는 자리가 부식 가게 앞이라는 것을 모르고 있었다. 나는 너무 놀라 버둥거렸다. 눈에서는 눈물이 나왔는데 다 삼키지 못한 입속의 과즙이 푸륵거려서 입에서는 아하하학, 하고 웃는 소리가 났다. 아저씨에게 잡혀 가면서 나는 차라리 내가 손톱을 먹은 쥐였으면, 하고 바랐다. 도망이 끝나고 웃음도 끝나면 오직 부끄러움만 남았으니까. 쥐 끈끈이만큼 지독하게 들러붙는.

뜬구름을 잡고 용기를 감행하다

장예원(문학평론가)

1. 존재하는데도 결국 없는 것에 대한 이야기

서울 올림픽이 개최되었던 1980년대 후반은 국산 만화가 줄 이어 제작되던 시기이기도 하다. 그중에서도 가장 슬프고 뭉클했던 달려라 하니! 이 만화는 1986 아시안 게임과 1988 서울 올림픽을 앞둔 시점인 1985년부터 1987년까지 만화잡지《보물섬》에 인기리에 연재되었으며, 1988년에 TV로 방영되었다. 이젠 삼십 년도 훨씬 지난 명작만화이지만 그 시절 유년을 보낸 이들은 누군가 "엄마가 생각나면 달릴 거야 두 손 꼭 쥐고"라고 운을 떼면 "달려라 달려라 달려라 하니 이 세상 끝까지 달려라 하니"라는 후렴구를 반사적으로 흥얼거릴 것이다. 인터넷이 없었던 시절에 골목길 아이들과 놀다가도 방영 시간이 되면 곧장 집으로 향했던, 당대 대중들에게 인기가 많았던 추억의 만화영화이다. 자그마한 몸집의 하니가 여러 위기와 좌절을 겪으면서도 오로지 엄마를 향한 그리움 하나만으로 앞만 보고 열심히 달리는 열정은 '앞만 보고 노력

하면 이룰 수 있다'는 당대의 캐치프레이즈를 반영한
다. 하지만 특정 시대에 대한 일반적인 설명이 개인의
삶과 언제나 일치하지는 않는다. 예를 들면 초등학교
사회 교과서에 실린 다음과 같은 문장들은 당대의 사
실들을 명징하게 드러내고 있는 듯 보이지만 드러나
지 않은 것들도 많다.

 "우리 정부는 1960년대 초반에서 1980년대 초반
까지 모두 네 차례의 경제 개발 5개년 계획을 추진하
였다. 먼저, 많은 공장을 건설하였으며, 이에 따라 일
자리가 늘어나고 수출도 해마다 증대되었다. 또, 도로
와 항만, 발전소 등을 만들고 과학 기술의 개발에 힘써
많은 성과를 올렸다. 그리고 새마을 운동으로 식량을
자급하고 잘사는 농촌을 만들기 위해 노력하였다. 우
리의 많은 건설 근로자, 광부, 간호사들이 해외로 나가
일하였으며, 이들은 많은 외화를 벌어들였다. 한편, 수
출을 통한 경제 성장은 1980년대 이후에도 계속되었
다. 정치적으로는 민주주의의 후퇴를 가져왔으나, 경
제적으로는 수출 규모가 계속 확대되었다. 1988년 서
울 올림픽 대회 개최 이후 우리나라의 경제는 더욱 크
게 성장하여 1995년에는 국민소득이 1만 달러에 이
르렀고, 그에 따라 세계 무대에서 우리나라의 위상도

향상되었다."

〈달려라 하니〉의 하니 아빠도 당시 중동에 나가 일을 하느라 하니는 아빠와 함께 살 수 없었다. 중동에 나가 일을 할 수 있었던 하니 아빠는 그래도 당대 평균의 삶 언저리에는 점을 찍은 이이다. 1995년에, 국민소득인 1만 달러 정도를 벌 수 있었던 이들은 적어도 본인이 대한민국 평균에는 속한다며 안심했을지도 모른다. 위의 서술을 보고 저성장 시대인 2023년도를 사는 어떤 이들은 말한다. 그 시절에는 급격한 경제 성장으로 누구나 조금만 노력하면 가족의 생계를 해결하면서 자식을 대학까지 보내고 월급을 모아서 서울에 집을 살 수 있었다고. 그러나 이 말은 그 시절에도 '누구나'에 속할 수 없었던 사람들에게는 불편한 언술이다. 그 누구나가 아닌 사람들은 은연중에 스스로가 평균 이하라는 자의식을 내면화하고 자연스레 패배자가 되기 때문이다. 소설「웃는 게 웃는 게 아니다」에는 초등학교 시절부터 "등수 안에 들면 나눠 주는 공책 한 권, 연필 한 자루를 간절히" 바랐지만 "체육 시간, 가을 운동회 등 어떤 달리기 시합"에서도 1, 2, 3등 도장을 받지 못한 '나'가 등장한다. 1988년에 초등학교 1학년이었던 나는 올림픽 방송 때문에 〈달려라 하니〉

가 결방하는 일이 많아지자 분하고 억울하다. 1988년
은 "올림픽의 해"라고 모두가 말하지만, 나에게는 〈달
려라 하니〉를 보지 못하니 속상하고 불편한 해일 뿐이
다. 불편한 상황은 이뿐만이 아니다. 집에서는 여러 세
대가 공동으로 쓰는 변기의 물 내리는 기구가 고장 나
"공동 수조에 받아 놓은 물을 바가지로 떠서 변기에 물
을 흘려보내야" 했으며, 먼저 볼일을 본 "타인의 똥을
온전한 모양으로 발견"하는 일을 겪기도 했다. 즉, 어
린 시절부터 부끄러움은 생활이자 "쥐 끈끈이만큼 지
독하게 들러붙는" 디폴트 값이었다. 〈달려라 하니〉에
서 하니는 엄마가 생각나면 앞만 보고 달려서 1등을
하지만 「웃는 게 웃는 게 아니다」의 나는 엄마가 언제
도망갈지 몰라 항상 불안해하고 달릴 때마다 웃음이
나와서 5등만 차지한다. 순위권에서 뒤로 밀리는 만큼
의 간격은 성인이 될 때까지, 그리고 그 이후의 삶에도
차곡차곡 쌓여서 주체들을 적정한 시기에 치러야 할
삶의 통과의례로부터 멀어지게 한다.

이렇듯 소설집 『도망자의 마을』에는 나아지기는
커녕 불편하고 고단한 현실 속에서 살아가는 다양한
주체들이 보인다. 전직 학원 강사였지만 현재는 백수
로 가난한 산동네에 살면서 치매에 걸린 엄마의 요양
병원비를 감당해야 하는 나(「오르내리」), 매번 사기를

당하는 후진 아버지를 둔 덕분에 버는 돈을 모두 빚을 갚는 데 써야 하는 수현(「도망자의 마을」), 과로와 스트레스로 특발성 두드러기는 물론 대상포진과 안면마비에 시달리지만 회사에서 병가 한 번 제대로 쓰지 못하는 나(「점점 작아지는」), 신장 투석을 해야 하는 홀어머니와 함께 사는 프리랜서 비혼주의자 수안(「뽑기의 달인」), 서로에게 안정감을 느끼며 함께하는 무직 비혼주의자 고무와 호양(「벽, 난로」), 치매에 걸린 엄마가 엄마 아닌 무엇으로 계속 변해 가는 모습을 맞닥뜨리며 두려워하는 이선(「비로소, 사람」)이 그들이다. 소설 속 인물들은 그들이 처한 답답한 현실을 인식하고 있기에 지친 모습을 보이기도 한다. 그러나 소설집 『도망자의 마을』의 주체들은 고달픈 장면들을 응시하며 가득한 고통을 들이마시면서도 비관에 빠져 있지만은 않다. 오히려 이정임의 소설에서는 삶의 고달픔 속에서도 특유의 명랑성이 느껴지는데, 그것이 곧 암담한 현실을 적절한 경계와 한정으로 형식화하는 그녀만의 예술적 능력이라고 할 수 있다. 그것은 "모두가 한 사람으로 뭉뚱그린 이미지"(「오르내리」)로 상대를 대하는 태도는 지양하면서도 그것 외의 다른 방식 역시 마냥 편하거나 반가운 일이 아닐 수 있다는 사실을 인지하는 균형 감각으로 드러나기도 한다. 이러한 이정임만의 개성과 형식화는 소설 속 주체들의 상상력을 통해 구체화된다. 작품 속 주체들은 그들의 집과 벽이 바깥에서 들어오는 타자의 말들로 채워지는 상상력을 발휘해서 각자의 음색으로 내뱉은 말(언어)들을 새로운 가락 혹은 형식으로 엮어 나간다.

이제 집은 바깥에서 들어온 말들로 빼곡하다. 학원 강사로 일하며 읽은 국어 지문보다 최근 일 년간 이 집 벽을 드나든 글자 수가 훨씬 많을 것이다. 가만히 누워서 눈앞에 글자들을 띄운다. 사랑이 거가 싸더라, 재치를 담은 국, 내나 거기 야속하더라, 가는 당신이 파이더라 잡지도 못하고 손두부, 어허 어허 사이소, 아지매는 어데 가는데, 놀다 가라…. (중략) 가장 강력한 파장을 지닌 목소리 출현, 지나는 사람을 모두 불러 모을 기세다. 흰머리 할매다. (중략) 아침부터 쏟아지는 저 박력 넘치는 기운, 목소리에도 근육이 있다면 저 목소리 근육량은 엄청날 것이다. (중략) 옆집 재봉틀이 돌아간다. 바깥 사람들이 내는 소리를 엮어서 재봉틀로 옷을 지어 입으면 무척이나 무겁겠지. 어깨에 쏟아지는 무게가 천근만근이라 다리를 옆으로 벌려 가며 겨우 걷겠지.

—「오르내리」 13~14쪽

빗소리에 맞춰 고무와 호양의 흰 벽 위로 무지갯빛 글자들이, 사진 속 물건들이, 빗방울처럼 가로로, 혹은 세로로 울퉁불퉁한 점선을 긋고 있었다. 아득한 데서 들리는 할머니의 목소리처럼 누군가의 이력 혹은 내력이 고무와 호양 집의 사방 벽을 타고 흘러들었다. 이 '누군가'는 한 사람인 것 같고 동시에 여러 사람인 것 같았다.

—「벽, 난로」190쪽

벽을 타고 들어오는 타자의 말을 재구성한 새로운 형식은 앞서 말한 명랑성의 한 요인이기도 하다. 특히, 위의 「오르내리」에서 "사랑이 거가 싸더라, 재치를 담은 국, 내나 거기 야속하더라, 가는 당신이 파이더라 잡지도 못하고 손두부, 어허 어허 사이소" 부분은 유행하는 트로트 멜로디와 가사에 타자들의 사투리가 뒤섞여 웃음을 준다. 이러한 방식은 현실의 막막하고 구슬픈 가락에 관계성과 따뜻한 온기를 불어넣는데, 이는 이정임이 삶의 고단함 속에서도 포착하려 애쓰는 '밝음'이자 우리 안의 '어떤 파괴 불가능한 것'에 대한 지속적인 신뢰를 드러내는 형식이다. 다시 말해, 세계의 비극적 상황을 포착하되 그것을 포용하고 제어하는 태도로 삶을 소설(예술)로 변모시키는 것이다. 물론 어떤 삶의 양상에 형식을 부여하는 과정은 쉽지 않다.

"머릿속의 거대한 덩어리를 어떻게 풀어써야 할지 막
막"(「벽, 난로」)하기에 그 작업은 먼저 "표면이 존재하
지 않는 물체"라는 구름의 정의와 유사한 소설가의 자
의식에서 출발한다.

　　수현은 은주가 가리킨 구름을 보며 분명 존재하는데
　　도 결국 없는 것이라면 자신이 쓰고 있는 소설도 마찬가
　　지 아닌가 싶었다. 아, 그래서 뜬구름 잡는 소리라고 하는
　　건가? 그렇다면 나는 뜬구름을 잡고 어디로 가는 것일까.
　　과연 자발적이고 즐겁게 탄 구름인가.

　　　　　　　　　　　　　　　　　—「도망자의 마을」 55~56쪽

2. 회복이라는 말은 허구가 아닐까? 무언가를
잃지 않기 위해 잃고 있는 사람들

　　소설집 『도망자의 마을』의 첫 소설 「오르내리」의
주체들은 오르막길을 한참 올라가야 하는 산동네에
산다. 이 마을 사람들은 산비탈을 따라 다닥다닥 붙은
집의 마당, 옥상, 담벼락 앞, 폐가 주변 공터까지 흙이
있다면 채소를 심어 놓는다. 물론 식비를 줄이기 위해
서다. 주인공은 이 집에 머물 초기에 "혀끝을 차거나
화가 나서 어딘가 발길질하듯 내는 분노" 비슷한 소리

에 항의하려 했으나, 그 대상이 바닥을 기는 지체장애인임을 확인하고는 아무 말도 하지 못한다. 만만치 않은 이웃들의 삶만큼이나 나의 상황도 팍팍하기는 마찬가지다. 파킨슨병과 치매를 앓는 엄마가 요양 병원에 들어간 지 오 년째 되던 해에는 전염병으로 인해 엄마를 만날 수조차 없게 되었다. 엄마는 스스로 일어나거나 걸을 수 없으며 콧줄로 유동식을 공급받는, 누구에게도 전화 한 통 걸지 못하는 상태이다. 그렇기에 엄마가 보고 싶으면서도 두렵다. 더욱이 나는 지금 무직 상태인데 매달 엄마에게 들어가는 병원비를 결제해야만 한다. 한편, 치매에 걸린 엄마를 부양하는 또 다른 주체 이선이 있다. 소설 「비로소, 사람」의 이선 역시 매일 사람이 아닌 다른 존재로 변하는 듯한 엄마, 금자가 두렵다. 그녀는 병원 예약 시간보다 한 시간 가까이 더 기다려서 십오 분 진료를 보고 다시 두어 시간 조제약을 기다려야 하는 일상에 지쳐가는 중이다. 담당 의사에게 묻고 싶다. 하금자 씨는 지금 무엇으로 변신하고 있을까요? 부산시 진구 연지동 41-1번지에 거주하던 하금자 씨는 어디로 갔을까요? 그녀는 너무 지친 나머지 시간을 되돌리면 언제로 갈 거냐는 질문에 이렇게 답한다.

사람 전으로, 쑥과 마늘을 먹기 전의 곰으로 돌아가고 싶다. 사람 따위 전혀 모르는 곰으로 살다가 곰으로 죽는 삶을 살아야지. 그렇게 못 한다면, 나는 만들어지기 전으로, 나라는 것의 씨앗이 발생하기 이전으로 돌아가겠다. 애초에 없던 사람 아니, 없던 곰이 되겠다. 겨우겨우 사람 모양으로 사람 구실 하고 살게 되었지만 감당해야 하는 일들이 벅차다. 지긋지긋한 하루에 빗금을 치며 오늘, 오늘을 보낸다. 이게 무슨 의미가 있는가. 돌아갈 수 있다면 어떤 것으로도 태어나지 않은 상태, 그 시간으로 돌아가 겠다.

—「비로소, 사람」201쪽

치매에 걸린 엄마를 보살피는 과정에서 경험하는 일들은 '사람다움'이란 무엇인지에 대해 끊임없이 고민하게 만든다. 허리에 줄이 묶인 채로 요양원 침대에 누워 있는 금자를 보고 충격을 받은 이선은 서글픈 감정을 느낀다. 그러나 치매 환자를 묶을 수 없다는 규정이 생겨 요양원에서 병원으로 옮겨야 하는 상황에 처하자, 이선은 금자를 묶을 수 없다는 사실을 아쉬워하게 된다. 금자의 허리에 파란 줄이 감겨 있자 자신도 모르게 안도의 한숨을 내쉰 이선은 자신에게 깜짝 놀란다. 사람으로 존중받기 위해서는 서로의 존재를 인정한다는 신호를 정상적으로 주고받을 수 있어야 한다. 상대가 나에게 존재한다는 의미는 그가 나의 상호 작용 지평 안에 있다는 말이다. 그런데 내가 아무리 엄마의 존재를 알아보고 신호를 보내도, 엄마는 그 신호를 알아차리지 못한다. 엄마는 이제 눈에 보이긴 하지만 없는, 그런 대상으로 세계에 남겨져 있다. 그래서 이선은 시간이 흐를수록 삶을 긍정하기 힘들다.

회복이라는 말은 허구가 아닐까. 사람의 몸을 두고 원래의 좋은 상태로 되돌리거나 원래의 상태를 되찾는 일이 가능한 일일까, 이선은 생각했다. 가까스로 이전과 비슷해질 뿐 미세하게 변화된 무언가가 있지 않을까. 몸에 충격이 가해지면 내부, 외부 모두에 흉터가 남으니까. 다친 사람은 보이지 않는 그 흉터를 계속 감각한다. 이선은 금자를 보면서, 금자를 둘러싼 일들을 겪으면서, 매일을 살아내면서, 보이지 않는 흉터들을 확인했다. 사람이 태어나면 죽을 때까지 '망가졌다가 약간 부족한 상태로 돌아가는 것'을 되풀이하다가 결국 온전히 망가지겠지.

—「비로소, 사람」205~206쪽

「오르내리」의 나와 「비로소, 사람」의 이선, 이들이 원하는 것은 소박하다. 소소한 일상의 기쁨을 누리

며 평안의 상태에 이르는, 이른바 평범하게 사는 것이
다. 「오르내리」에서 예순이 넘는 나이에도 청소일을
다녀야 했던 나의 엄마는 옥상에서 키운 채소를 서울
이나 울산까지 가는 나에게 기어이 들려 보냈다. 딸을
위해 해 줄 수 있는 것이 그것밖에 없었기 때문이다. 나
는 휴가철에 사흘 정도 엄마 집에 머물며 옥상의 그늘
막 아래에 누워 산에서 불어오는 바람을 쐬곤 했다. 그
때는 특별한 재미랄 게 없어서 지루하다고 얼른 내가
사는 오피스텔로 돌아가고 싶다고 불평했지만 지금은
그 무료한 날들이 애달프게 그리운 상황이 되었다. 지
루하고 평범한 날들이 돌이켜보면 가장 특별한 날들
이었던 셈이다. 「비로소, 사람」에서도 상황은 비슷하
다. 이선이 길에서 사 온 고양이를 애지중지 키우고 보
살피는 사람은 결국 엄마 금자였다. 늘 일을 저지르는
것은 이선이었고 그것을 수습하는 일은 금자의 몫이
었다. 그래서 이선은 누군가를 돌보는 일이 이렇게 힘
든 일인 줄 모르고 살았다. 그 평범한 일상이 가장 행복
했던 기억임을 이선 역시 뒤늦게 깨닫는 중이다. 그들
은 이 어둠이 끝나리라는 희망을 갖지 못한 채 지금의
나날을 견디고 있다. 결혼도 하지 않았고 청춘의 나이
라고 말하기엔 젊지도 않은 데다 안정적인 직업도 없
는 상황에서 치매에 걸린 엄마를 부양해야 한다. 그들

은 성장과 성취의 신화가 여전히 자신에게는 유효하
지 않음을 생의 구체적 직감을 통해 재차 확인한다.

그러나 이들은 절망하지 않는다. 정확히는 절망의
낭떠러지로 떨어진 뒤에도 다시 삶을 향해 묵묵히 나
아가려 애쓴다. 치명적인 상실을 받아들이면서도 그
것을 온전히 감당해야 하는 자신의 계속되는 삶에 애
착을 보이는 것이다. 그렇게 그들은 다시 삶으로 다가
선다. 「오르내리」의 나는 "모두가 한 사람으로 뭉뚱그
린 이미지"로 상대를 대하는 동네 사람들과는 다른 방
식으로 나를 향한 깊은 관심과 오지랖을 보이는 흰머
리 할매를 처음에는 부담스러워한다. 그러나 결국 흰
머리 할매의 도움으로 나는 엄마가 가장 좋아했던 옥
상의 채소들을 최대한 비슷하게 재현하고 엄마가 기
억하는 집의 모습을 보여 줄 수 있게 된다. 그녀가 아픈
엄마를 마주하는 두려움을 떨치고 흰머리 할매와 힘
을 모아 요양병원에 있는 엄마와 영상 통화를 하면서
주고받는 대화는 우리의 눈시울을 적신다.

엄마! 엄마! 엄마, 여기 봐라! 화면 속 엄마는 살이 많이
빠져 있다. 엄마는 아무 대답도 않고 허공만 본다. 영상
통화 시간은 오 분밖에 없는데 말은 떠오르지 않고 계속
엄마만 부르게 된다. 뒤에서 흰머리 할매가 우는 통에 더

욱 정신이 없어서 그런 걸 수도 있다. 나는 엄마를 부르고 할매는 아이고 숙자야, 울고. 엄마는 자꾸 다른 곳을 본다. (중략) 엄마, 엄마! 여기 봐야지. 우리 옥상 그대로제? 기억나제? 옥상에 채소도 봐라, 그대로제? 엄마만 나아서 집에 오면 된다. 얼른 나아서 봅시다. 어? 힘내자!

나을 수 없지만 낫자는 말에 엄마가 희미하게 웃는다. 그리고 대답한다. 알겠다! 그 대답을 듣는데 왈칵, 눈물이 난다.

―「오르내리」37~38쪽

흰머리 할매의 순박한 태도로 인해 웃음이 나오면서도 울컥함과 애달픔이 솟아오르는 이 장면을 통해 우리는 치매는 슬픈 병이라는 사실을 상기할 수 있다. 오랫동안 함께해 온 사랑하는 사람이 옆에 있으면서도 점점 사라져 간다는 사실. 특히나 그 슬픔은 기억을 잃는 자가 아니라 그 병을 지켜보는 자들의 몫이라는 것.「오르내리」의 나는 담담하지만 끈질기게, 사라져가는 엄마의 삶에 대한 존중을 포기하지 않는 따뜻한 태도를 보인다. 이것이 이 소설이 지닌 '밝음'이자 우리에게 관대하면서도 슬픈 미소를 짓게 만드는 힘이기도 하다.

3. 나는 여전히 부끄럽고 어딘가로 도망치고 싶지만……

소설집『도망자의 마을』에는 대체로 아버지가 부재하거나, 있더라도 가장의 역할을 제대로 하지 못하는 이들이 많아 가족 공동체의 결핍이 드러난다. 소설 속 주체들은 가족으로부터 받은 상처를 지니고 있고, 그것은 성인이 된 이후에도 그들의 삶에 영향을 미친다.「웃는 게 웃는 게 아니다」에서 나와 연희를 비롯한 연지동의 많은 주민이 그러하다. 연지아파트 올라가는 길목에 있는 가게 중 하나인 백미세탁소 딸인 나는 하교 후 집에 들어섰을 때 엄마가 없을까 봐 항상 걱정한다. 아빠는 하루가 멀다 하고 노름판을 쏘다니며 빚을 지는 사람이지만 엄마는 세탁소 일을 혼자 하느라 겨울이면 발가락이 동상에 걸려 얼룩덜룩해지는 사람이기 때문이다. 초등학교 1학년 때, 학기가 시작되자마자 옆집 단칸방에 이사 온 연희와 나는 친구가 된다. 건설 현장의 노동자였던 연희의 아빠는 공사 때마다 타지에서 지내느라 집에 거의 없었다. 가끔 집에 들른 날에는 술에 취해 집기를 부수고 연희 엄마의 부정을 의심하며 때리는 날이 다반사였다. 어느 날 밤에 연희 엄마는 남편의 폭력을 피해 우리 집에 숨어들고 그날 이후로 연희와 나의 관계가 서먹해진다. 싸운 것이 아니기에 화해할 수도 없는 애매한 상황에서 또 다른 날 밤에 연희와의 관계에 종지부를 찍는 사건이 발생한다. 귤이 너무 먹고 싶었던 내가 부식 가게에서 훔쳐서 달아나던 날, 나는 어두운 골목에서 도망가는 연희 엄마와 쫓아가는 연희 아빠를 마주치고 무안해서 반대 방향으로 뛰다가 연희를 만난다. 달리기만 하면 웃음이 나오는 나의 독특한 특성을 모르는 연희는 내가 자신의 부모를 우스워한다 여기고 표정이 얼음장처럼 차가워진다. 설상가상으로 나는 훔쳐 먹은 귤 때문에 부식 가게 아저씨에게 뒷덜미를 잡혀 끌려가게 되고 한없는 수치심을 느낀다. 이렇듯 소설집『도망자의 마을』의 몇몇 주체들은 결핍된 상황에서 타자와의 관계는 어떤 의미가 있는가, 혹은 깊고 지속적인 관계는 가능한가에 대한 의문을 제기한다. 자신의 내밀한 상처가 남에게 적나라하게 드러났을 때 그것을 수치스러워하지 않을 이가 얼마나 될까? 상처를 공유하며 더 돈독한 사이가 될 수 있으리라는 낭만은 말 그대로 낭만일지 모른다. 나 역시 무능한 아빠 때문에 언제 엄마가 도망갈지 모른다는 불안을 내재하고 있기에 어린 연희와 나는 서로의 불안을 보유해 줄 마음의 여유가 없다.

아버지가 부재한다는 것, 혹은 그 역할을 제대로

하지 못한다는 것은 내가 거주할 집이 안정적이지 못할 가능성이 커진다는 의미이기도 하다. 정체성의 토대가 될 집이 불안한 장소이기에 그들은 아버지의 보호가 아닌 다른 방식으로 그들의 불안을 최소화할 수 있는 공간을 찾아내야 한다. 「도망자의 마을」에서 그러한 공간은 도서관이다. 수현은 해내고 싶거나 이루고 싶은 목표가 없었는데도 한동안 도서관에 다녔다. 어린 시절부터 아버지는 사람들의 거짓말에 잘 속아 가산을 탕진하기 일쑤였고 반복되는 빚더미에 결국 수현이 중학교 때, 엄마는 아버지에게 이혼을 요구했다. 아버지는 엄마와의 이혼 후에도 재개발 예상 지역이라는 거짓말에 속아 명의를 빌려주고 빚을 져서 청소일을 시작한다. 그해 여름날 저녁, 수현이 아이스크림 판매 아르바이트를 마치고 녹초가 되어 들어오니 '고려캐피탈'이라는 곳에서 보낸 빚 독촉장이 도착해 있었다. 아버지가 돌아가실 때까지 수현은 아버지를 의심하고 아버지에게서 도망치고 아버지를 저주하며 돌아올 수밖에 없다는 사실에 절망한다. 그녀는 아르바이트도 그만두고 해가 뜨면 무작정 집을 나왔다. 이른 시간에 돈 없이 갈 수 있는 곳은 도서관뿐이었다. 그 후로 수현은 오직 도서관에 가기 위해 일어났고 가파른 오르막길을 걸어서 도서관에 갔으며 그곳에서 시간을 보냈다. 도서관에서 사람들의 표정을 수집하던 수현은 자신이 부잣집 외동딸이라며 친구들을 속였던, 한동안 친밀하게 지냈지만 고등학교에 입학한 이후 연락이 끊긴 중학교 동창 지현을 우연히 만나게 되고 여전히 거짓말을 일삼는 그녀의 기묘한 표정에서 첫 소설집의 테마를 얻는다. 20대 초반에 소설가가 된 수현은 평생교육 기관과 도서관에서 글쓰기를 가르치거나 예술인 일자리 지원 사업에 참여해서 생계를 유지하지만, 여전히 관계도 직장도 안정적이지 않다. 글쓰기 강좌에서 만나는 대부분의 사람들은 일시적으로 스쳐 지나가는 인연들이기 때문이다. 더욱이 스승의 날 때, 수강생들이 사 온 케이크를 같이 먹었다는 이유로 하반기 재계약은 무산된다. 이처럼 그녀는 타자와 지속적인 관계를 맺기 어려운 상황을 계속 맞닥뜨리게 된다.

물론 우리는 살아가면서 필연적으로 많은 것들을 잃어버린다. 친구도, 직장도 그중 하나이다. 하지만 어린 시절부터 누적된 결핍으로 인해 마음의 여유가 없는 상황에서는 그렇지 않은 사람들보다 쉽게 오해받을 수밖에 없기에 잃을 것들이 더 많아진다. 더욱이 부모나 친구가 나의 불안을 보유해 줄 수 없다는 점에서 이들은 이중불안에 시달려야 한다. 불안을 보유해 줄 누군가가 없다면 불안은 명명되지 못한다. 이름 없는 두려움이 그렇듯 이름 없는 불안은 더욱 강화되어 나에게 다가오고 나의 불안을 이해해 줄 존재가 없다는 또 다른 불안을 떠안아야 한다. 그리고 그러한 이중불안은 타인은 물론 자신도 믿지 못하게 되는 악순환을 낳는다. 그것은 「비로소, 사람」에서 이선이 나쁜 일을 당해도 결국 스스로를 의심하는 자신의 악몽을 서술하는 장면에서 파악할 수 있다.

> 어디로 가야 하는지 몰라서 칠흑 속에 가만히 서 있는데 갑자기 내 입안에 뭐가 들어와요. 차갑고 축축하고 물컹한. (중략) 깜짝 놀라서 밀쳐내고 입을 닦는데 팢, 하고 불이 들어와요. 다 같이 짠 것처럼 뒤늦게 팢. 그리고 다 같이 짠 것처럼 사람들은 아무 일도 없었던 표정으로, 아무것도 모른다는 표정으로, 자기 일을 봐요. 걷거나 얘기 나누거나. 그 혀의 주인이 누구인지 나는 알 수가 없어요. 주변을 둘러보면 다 내가 아는 사람이에요. 동시에 다 모르는 사람이에요. (중략) 나는 겉보기에 정상이므로, 아무도 이 일을 목격하지 않았으므로, 나쁜 일을 당했다는 어떤 증거도 내보일 수가 없어요. 어느 것 하나 논리적으로 정리할 수 있는 것이 없어요. 결국 나는 나를 의심해요. 아무 일도 일어나지 않았던 것 아닐까. 아니면 다들

똑같이 당했는데 나만 이렇게 과하게 힘들어하며 사는
것 아닐까. 그러다 보면 잠에서 깨요. 이 경우, 나는 다친
걸까요? 회복의 범주에 드는 걸까요?

—「비로소, 사람」 210~211쪽

　그렇지만 이번 소설집에서 눈여겨볼 지점은 이들
이 공동체적 질서나 가족 구성원들을 원망하거나 미
워하는 모습을 두드러지게 드러내지 않는다는 점이
다. 어쩌면 이선이 스스로 그녀의 악몽을 서술하는 이
유는 삶이 초래하는 불안과 두려움으로부터 벗어나기
위한 자기만의 길과 방법을 모색하기 위해서였을지도
모른다. 프란츠 카프카는 자기 안의 어떤 파괴 불가능
한 것에 대한 지속적인 신뢰 없이 인간은 살아갈 수 없
다고 언급했다. 비록, 파괴 불가능한 것과 그에 대한 신
뢰가 인간 자신에게 영원히 감춰져 있을지라도 말이
다. 이선이 "나는 다친 걸까요? 회복의 범주에 드는 걸
까요?" 되묻는 이유는 그 가능성에 대해 실오라기 같
은 희망을 품고 있으며 타자의 결핍된 지점을 보듬으
려는 노력을 포기하지 않기 위해서이다. 이는 「도망자
의 마을」에서 수현이 아버지를 저주하면서도 아버지
를 버리지 못하는 이유와도 결을 같이 한다. 오히려 아
버지에게 연민의 감정을 가지고 포용하면서 가족 공

동체의 상을 스스로 그려 가려 애쓴다.

4. 불안을 다루는 방식, 서로에게 작은 벗들이 되어 주는 것

우리는 세계와 타인을 대할 때 일관적으로 행동하지 않는다. 언제나 흔들리며 움직이고 앞은 불투명하다. 그러니 우리가 누군가에게 다가서면서도 망설임과 체념이 앞서기도 한다. 이러한 이유로 이정임의 『도망자의 마을』이 다가서는 대상은 사람에 한정되지 않는다. 특히, 「비로소, 사람」에서는 길고양이를 챙기는 사람들이 나온다. 그 이유는 각자의 사정에 따라 다른 듯 보이지만 본질적으로는 비슷하다. 내가 준 밥을 고양이가 먹어 주는 게 좋아서, 내 뜻대로 되는 세상일이 하나도 없는데 고양이는 조금만 마음 쓰면 잘 사는 게 눈에 보여서라고. 사람과의 관계에서는 마음을 다해 베풀어도 상처받는 일들이 다반사지만 고양이는 다르다. 내가 상대를 위해 애쓴 만큼 잘 살게 되는 충만한 연대가 가능한 것이다. 조금 다른 이유로 이선은 치매에 걸린 엄마를 만나고 온 날이면 엄마와 함께 고양이를 키웠던 예전의 삶이 그리워서 길고양이를 돌본다고 말한다. 차 아래에 둥글게 웅크린 하나의 작은 세계는 이선이 약간의 수고만 들이면 하루쯤은 평안과 안식을 찾을 수 있게 해 준다. 이는 평안했던 날들의 추억을 되새기면서 사라져 가는 엄마의 흔적과 조각을 조금이나마 붙잡으려는 시도인 것이다. 그들은 길고양이를 가족같이 돌보면서 불안을 다스린다.

현대인들을 가장 두렵게 만드는 것은 불안이다. 언제 통장이 마이너스가 될지 모른다는 불안, 지금 내가 누리고 있는 안락과 소비를 그만두게 될지 모른다는 불안, 나아가 타인보다 더 낮은 가치로 환산될지도 모른다는 불안 때문에 스스로를 옥죄며 마음 놓고 행복하기 힘들다. 루소에 따르면 많은 것을 소유하는 것과 부는 상관이 없다. 우리가 도달할 수 없는 무엇인가를 욕망할 때마다 우리는 가난해진다. 달리 말하면 우리가 가진 것에 만족할 때마다 소유한 것이 아무리 소소하더라도 부자가 될 수 있다는 역설이기도 하다. 「벽, 난로」와 「점점 작아지는」에서는 치열한 자본주의 사회에 적응하느라 완벽하게 자유롭지도 마음껏 행복하지도 못했던 주체들이 그러한 체제의 한계를 벗어나 소박하지만 자유로운 연대를 지향하는 모습을 보인다. 「점점 작아지는」에서 나는 귀촌한 친구, 지군의 시골집으로 휴가를 떠난다. 지군은 결혼하기 위해 무리해서 아파트를 마련했지만 결국 결혼 직전에 파혼당

하고, 더 이상 안락한 장소가 아니라 지옥 구덩이로 느껴지는 아파트를 나와 시골에서 일하며 혼자 살고 있다. 나는 업무 강도가 높은 회사에서 몸이 아파도 병가 한 번 내지 못하고 일하다 대상포진을 앓고 안면마비까지 걸린다. 회복하고 싶어 계속해서 흔들림의 징표를 보냈던 몸의 신호를 뒤늦게 인지하고 나서야 눈치 보느라 쓸 수 없었던 휴가를 챙긴다. 나는 지군의 집에서 닷새 동안 아무것도 하지 않거나 시시한 텃밭을 둘러보며 걸었고, 나머지 시간에는 마루에 누워 몇 시간씩 하늘을 보거나 낮잠을 자며 텃밭의 노린재알을 찾아다녔다. 전기조명으로 변함없는 조도를 제공하고 에어컨으로 일정 온도와 습도를 유지하던 쾌적한 사무실과는 정반대의 공간에서 쓸모없는 존재로, 무의미한 일들로 연신 땀을 훔치며 시간을 채웠다. 나의 안면마비는 눈이 감길 정도까지 회복되었고 엿새째 되는 날, 출근 준비를 하는 지군을 위해 나는 처음으로 텃밭에서 고추, 오이, 가지, 열무 등을 뽑아 반찬을 만들어 아침 밥상을 차려준다. "나, 오늘 간다."라는 말에 지군은 자기 몫의 밥을 다 먹고 나서 "그래, 또 내려와라."라고 화답한다. 닷새 동안 누렸던 무위(無爲)의 연대로 그들은 서로에게 작은 벗이 되어 준다. 그 덕분에 끊임없이 성과를 강요받는 억압에서 벗어나 '사람다움'을 회복하고 다시 일상으로 돌아갈 힘을 얻는 것이다.

「벽, 난로」에서도 함께하는 것만으로 안정감을 느끼는 독신 여성 두 명이 등장한다. 바로 호양과 고무다. 새엄마 밑에서 생활한 호양은 가족에게 충분한 사랑을 받기보다는 오히려 항상 빚진 감정을 가져야만 했다. 그 빚을 갚기 위해 대학을 포기하고 실업계 고등학교를 진학했고 졸업 이후 고시원 방을 얻을 때, 직장생활을 하면서 생활비가 구멍이 날 때, 집세가 한꺼번에 오를 때도 계속해서 빚을 졌다. 매번 빚을 지다 보니 사회생활에서도 항상 "빚진 사람처럼 늘 죄송합니다, 고맙습니다, 얼른 하겠습니다"를 입에 달고 살았다. 그런 호양이 고무를 만나면서 안정감이라는 것을 경험한다. 그녀들은 서로에게 돈이 아닌 무형의 빚들을 주고받으며 신뢰를 쌓아 간다. 호양이 주인의 사정으로 자신이 살던 원룸에서 반강제적으로 나오게 되자 고무는 호양에게 고향으로 내려가 돌아가신 할머니의 집을 같이 사자고 제안한다. 드디어 둘에게 집이 생겼다. 호양이 독립한 지 16년 만의 일이었다. 고무와 호양은 당분간은 실업급여만으로 생활을 유지하고 내년 봄까지는 필요한 생활비만 벌기로 결심한다. 방세가 나가지 않았고 외식을 줄인 데다 달마다 유행에 맞춰 사던 옷과 장신구를 살 필요가 없었기 때문에 가능한 일이었다. 이렇듯 소박하지만 시간에 쫓기지 않는 생활이 가능하게 되자 호양은 취미를 위한 글쓰기 수업을 신청한다. 호양이 고무에게 하는 말은 자율 경쟁 사회에서 자신을 착취하며 불안, 소외와 함께 피로라는 심각한 증세에 시달릴지도 모르는 우리들에게 시사하는 바가 있다.

고무야, 나는 가끔 서울에서 처음 살았던 고시원을 떠올려. 창문도 없는 좁은 방의 사방 벽. 그곳의 방에서 팔만 뻗으면 닿던 그 벽들은 내 울타리였지만 동시에 함부로 만질 수 없는 남의 벽이었거든. 아버지의 집에서 살 때도 내 방이지만 내 방이 아닌 기분이 자주 들었는데 고시원은 다른 차원에서 내 방이 아니더라고. 그래도 그런 벽이라도 가지려면 돈을 벌어야 하니까 야근도 하고 주말 알바도 했던 거거든. 살아가야 하니까. 형편이 나아져서 원룸에 살게 되었어도 그런 상황은 똑같더라. 그런데 여기로 이사를 오고 나니 그렇게 고생스럽게 일을 했던 게 아득하다. 누워 있는 이 방의 사방 벽이 내 거라고 생각하면, 쫓겨날 일이 없을 거라고 생각하면, 벌써 마음이 부자다.

—「벽, 난로」 177쪽

비록 돈이 부족해 당장 거실 마루 난방 공사까지
는 하지 못했지만, 고무와 호양은 그것으로 "가까운 미
래"를 계획했다. 그들이 평생의 동반자로서 인정받을
수 있는지는 알 수 없다. 하지만 보일러 공사는 계획
할 수 있고 그것만으로도 부자가 된 듯 마음이 충만할
수 있다. 이들은 자본의 환영 속에서 하루하루 자신을
버리며 그것의 부속품으로 열심히 기능하는 것을 거
부하고서야 마음의 평안을 얻는다. 지젝은 이데올로
기적 환영은 존재의 의식이 아니라 존재가 '허위의식
에 의해 유지되는 한'에서의 그 존재 자체라고 언급한
바 있다. 다시 말해 고통스러운 증상들을 알고 있음에
도 계속되는 행동이 문제라는 것이다. 고무와 호양은
피로한 서울 생활을 청산하고 아직 소진되지 않고 남
아 있는 영혼을 보유하고 살려낸다. 이것은 자기 안의
진정한 '사람다움'을 신뢰하고 그것을 행동으로 옮겼
기에 가능한 용기이다. 생활이 해결된 뒤에도 우리가
끊임없이 더 많은 것들을 욕망하는 이유는 사람들이
나를 알아봐 주고 사랑해 주기를 원하기 때문이다. 자
신이 없는 존재가 아니라 있는 존재로서 인정받는 느
낌. 나를 기억해 주고 나의 의견에 귀 기울여 주고 약점
이 있어도 관대하게 받아들여 주는 것. 소설가 이정임
은 모두가 〈달려라 하니〉의 하니처럼 앞만 보고 달리

지 않아도, 달리기 순위 안에 들지 않아도, 서로가 곁을 내주는 '작은' 벗이 되어 주기만 한다면 잠시나마 '고독한 자아의 피로'에서 벗어날 수 있다고 말한다. 비록 그들이 세상의 기준에서는 있으면서도 없는 구름 같은 존재들일지라도 말이다. 타자를 위한 용기를 감행할 때 비로소 사랑이라는 단어를 우리는 입에 담을 수 있다. 이제, 그녀가 자발적이고 즐겁게 탄 구름인지는 중요하지 않다. 이미, 자신이 뜬구름을 잡고 어디로 가는지 아는 듯 보이기 때문이다.

작가의 말

첫 소설집을 낼 때까지, 내 생활은 만남의 연속이었다. 만남은 늘 내게 하나의 세계를 열어서 보여 줬다. 등단 후에 소설 세계, 봉순이를 키우면서 고양이 세계, 결혼하니 신혼의 세계, 엄마와 함께 투병의 세계…. 내가 지나는 길의 한쪽 편엔 막 건설된 세계가 둥글게 굴을 지었다. 하지만 어찌 된 판인지 책이 나온 이후로는 이별의 연속. 친정집이 있던 동네는 알아볼 수 없게 변했고, 엄마는 병원으로 갔고, 고양이들은 하나둘 죽어서 무지개 다리를 건너고…. 지나는 길마다 무너진 세계라서 발이 푹푹 빠진다.

두 번째 소설집 『도망자의 마을』은 이별의 세계에 지어졌다. 오직, 도망가기 위해 지어진 이 마을은 사람이 있지만 산다고 말할 수 없다. 그래도 살아 보려고 젖은 발로도 앞을 향해 걷는 사람이 머무는 마을. 이미 무너졌으니 앞으로 무너질 일은 없는 마을이라 안심되는 마을. 나는 이 마을을 건설하면서 자꾸만 없는 것을 상상했다. 아무도 이별하지 않은 것처럼, 누구도 망가지거나 도망가지 않았다 치며. 그렇게 거짓말로 도망 다녔다. 쓸쓸하지만 꽤 명랑한 마을이라 자부한다.

도망자의 마을을 짓는 데 많은 분이 도움을 주셨다. 해설을 써 주신 장예원 평론가님, 추천사를 써 주신 황현진 작가님께 마음 깊이 감사드린다. 표지 그림을 내어 주신 Im-Ja 작가님과 그림을 잘 살려 주신 박민희 님께도 감사 인사를 드린다. 게으르면서 욕심 많은 작가의 책을 묶느라 고생한 걷는사람의 여러 선생님께도 감사드린다.

마을 터를 닦아 준 가족을 얘기하지 않을 수 없다. 아버지의 투병이 얼른 끝나길, 동생의 시도가 이루어지길 바란다. 신이 있다면 엄마의 소원 하나쯤은, 정말 하나쯤은 들어 주면 좋겠다. 임곰용 씨가 없었다면 애당초 마을 건설은 불가능했다. 시댁 아주버님, 형님들께서 막내의 부족함을 넉넉한 인심으로 살펴주셨다. 고인이 되신 송도 큰아버지, 큰어머니께 뒤늦은 감사 인사를 드린다. 두 분 덕에 내 생에 가장 풍요로운 유년기를 보낼 수 있었다. 고래가 크게 아프지 않고 오래 함께해 주길 매일 기도한다. 금동, 은동, 동동, 장군, 멍군. 너희들은 계속 지금처럼 명랑하도록. 봉순, 투야, 순대야, 고마워. 모두… 정말 사랑합니다.

이 책이 나온 뒤, 내 앞에는 어떤 세계가 펼쳐질까. 그 세계의 첫 장면만큼은 온전히 즐기고 싶다.

수정동 산복도로에서
이정임

수록 작품 발표 지면

오르내리

『안으며 업힌』, 곳간, 2022

도망자의 마을

《문장 웹진》 2020년 12월호

점점 작아지는

무크지 《잽》 7집 『탈진』, 전망, 2019

뽑기의 달인

《오늘의 좋은 소설》 2023년 여름호

벽, 난로

『두 여자를 품은 남자 이야기(사현금 무크1)』, 호밀밭,

2017

비로소, 사람

《작가와사회》 2018년 여름호

웃는 게 웃는 게 아니다

《The 좋은소설》 2019년 여름호

도망자의 마을

2024년 1월 5일 초판 1쇄 펴냄

지은이	이정임
펴낸이	김성규
편집	김안녕 한도연
디자인	신아영
펴낸곳	걷는사람
주소	서울 마포구 월드컵로16길 51 서교자이빌 304호
전화	02 323 2602
팩스	02 323 2603
등록	2016년 11월 18일 제25100-2016-000083호

ISBN   979-11-93412-23-7 03810

* 이 책은 2023년 부산광역시, 부산문화재단 〈부산문화예술지원사업〉으로
  지원을 받았습니다. ▌부산광역시 B.ㅁㅎㅈㄷ 부산문화재단
* 이 책 내용의 전부 또는 일부를 재사용하려면 반드시 지은이와 출판사의
  동의를 얻어야 합니다.
* 잘못된 책은 교환해 드립니다.